后浪出版公司

# 山魈考残编

黎幺 著

四川文艺出版社

## 图书在版编目（CIP）数据

山魈考残编 / 黎幺著 . -- 成都：四川文艺出版社，
2021.12

ISBN 978-7-5411-6157-5

Ⅰ . ①山… Ⅱ . ①黎… Ⅲ . ①长篇小说—中国—当代
Ⅳ . ① I247.5

中国版本图书馆 CIP 数据核字 (2021) 第 204513 号

本书简体中文版权归属于银杏树下（北京）图书有限责任公司，
并由其授权出版。

SHANXIAOKAO CANBIAN

# 山魈考残编

黎幺 著

| 出 品 人 | 张庆宁 |
| 选题策划 | 后浪出版公司 |
| 出版统筹 | 吴兴元 |
| 编辑统筹 | 朱 岳 梅天明 |
| 责任编辑 | 陈雪媛 |
| 特约编辑 | 刘 逸 |
| 装帧制造 | 墨白空间 · 杨和唐 |
| 营销推广 | ONEBOOK |
| 责任校对 | 汪 平 |

出版发行　四川文艺出版社（成都市槐树街 2 号）
网　　址　www.scwys.com
电　　话　028-86259303（编辑部）
传　　真　028-86259306

印　　刷　嘉业印刷（天津）有限公司
成品尺寸　130mm × 210mm　　　　开　本　32 开
印　　张　6.5　　　　　　　　　　字　数　110 千字
版　　次　2021 年 12 月第一版　　印　次　2021 年 12 月第一次印刷
书　　号　ISBN 978-7-5411-6157-5　定　价　60.00 元

# 目　录

# 出版前言

你从未阅读想象中的事物，你的阅读本身即是想象。

作为出版人，我等无意起诉阅读之无能、书本之无能，与之相反，这恰是在思之法庭上为白纸黑字所做的辩护。阅读掣肘于自身失之虚浮的表演性——眼神在纸面上单向滑步的独舞、双色玻璃珠受限于槽的回旋滚动——不可能精密缝合逐行逐字被区隔的意义。幸而印刷术，或曰肢解术的施术者以夹于纸页间音与形的速溶成分，令大至章句可解于道理，小若字词可化入印象。

所以读者朋友呵，用眼睛舔一本书是不理智的，不若吃掉书，然后于想象的胃内重构书的存在。所谓书，并非为专擅拼读的智性射线预备的扫描件，最完美的书本甚至是没有字的。一册书与一面镜子的不同之处在于镜子拥有视力，而书却先天失明。你捧在手中的是一本白日梦指南，也是冥想训练的瑜伽场地。你的瞳孔拢聚并吮吸着眼前弥散的意义，让叙事的利刃夹在块状的云团之中，一马平川地通过你，沿着命运的纹理层层切削，给灵躯的内衬镌上思想的年轮。就此而论，眼前这本书其实是完整的，只因你之完整。

这部由马其顿人写就的土耳其语著作被译为中文出版，其理所当然如同奥德修斯跨过伊萨卡故居的门槛，中文应是这本书中一切言说的理想归宿。魃阴人[①]在其短暂的数百年历史中，像一缕烟尘自云贵一带扬起直至在西域的漫天黄沙中隐没无踪，其命数的始与终多半着落于今日之中国境内。从某个超现实的角度来讲，魃阴族虽独有一套完备的话语与书写系统，但对于汉字甚至比它的使用者更为重视，也更为精熟。他们能从中看到入口和出口，锁闭或敞开的房间，可拆卸、安装、扳移、拼接的路径与管道，并断定九万个汉字的存在只为描画一座方形迷宫的九万种不同的走法。魃阴人称这座迷宫为"卡第木"，意为"缚鬼结"，他们认为直线和直线之间转接与交叉的千变万化足以围困幽灵。

本书首版印数仅为一百一十册，虽于十九世纪下半

———————

① "魃阴"一词为音译，若在阿尔泰语系诸语族之中追溯其来源，则这一读音可能有"鬼魂"之意，然其与国际通用的现代生物遗传学词汇"Gene"，即汉语音译的"基因"一词读音也极为类似。若要附会强解，则我们可以发问：难道基因不正是一种随着血脉传续代代勾连的幽灵链条吗？

叶即已问世，却始终未有在市场及文化意义上被公之于众，在历经复国运动与第一次巴尔干战争之后，除其中两本因现已无法确知的巧合被伊斯坦布尔大学图书馆收藏外，其余的一百零八册已全部遗失，在战事与生产的紧张气氛中，可以想见它们的下场不是灰烬便是纸浆。

土耳其学者对魃阴族及《山魈考》一书的重新发掘——对于本书被再次激活的命运而言，其重要及有力程度不亚于一次新的发明——始于 1917 年，塞汗·阿赫斯卡教授在伊斯坦布尔大学举办讲座公布了有关魃阴人的习俗、传奇故事及族群种属的部分研究成果，并在随后成立了魃阴历史资料调研小组，他的学生们将之戏称为影子稽捕小队。这个剧场化的名称虽不严肃，却碰巧复原了这个幽玄异族的吊诡语境。他们组织半公开的集会宣讲经不得推敲的发现与考证，近乎游戏地议论有关魃阴的各种奇趣的猜想，长期在报纸登载邮票大小的告示征集线索，结果只收到一些玩笑式的臆造或梦话般的反讽。

小组在 1922 年底被冒烟的枪膛和一颗出膛的子弹强行拆散。一个本该飞逝的瞬间因其具有的决定性而被拖拽得无比漫长。受空气压迫的黄铜弹头像顶风的雨伞在抵抗中不断提升表面张力，歇斯底里地在大脑、丘脑和延髓内部冲刺，如一颗金色的鱼雷甩动着螺旋形的尾波钻过黏稠的浆体，在逻辑记忆以及梦境的物料中划破涟漪、搅弄旋涡，最后于血雾掩映之下没入壁炉上方的青砖之内。因在几种不同的阻力间切换多次以致变形，在这颗弹头上出现了一张被尖叫扭曲的面容，应是被射杀者的鬼魂附身其上、借势飞行，直到终于在几道辐射状裂纹的中心——一只金属蜘蛛的巢穴里——安身立命。头是塞汗的头，握枪的是他软垂在椅畔的右手，遗言仅此一句，以工整得近乎虔诚的三一体录在一页撒马尔罕绢纸上："活人怎能痛饮黄泉之水？"

　　有关魅阴的一切探究从此失去了组织依托，所有东拼西凑的碎片、语焉不详的哑谜和全部海市蜃楼的残垣断壁重又龟缩在一副秘辛形式的硬壳之中，收敛于少数几人的内心一角并得以留存下来。六年过后，塞汗教授的爱徒古辛·泽比尔希在一次私人聚会中，以教授曾抄录的《山魈考》书中的一个段落来追思亡师："要时常流泪，但应控制其中的盐分，因为眼睛是我们在自己的脸盘里喂养的两条黑白双色鱼。"时隔三周，终身未事婚育的泽比尔希女士将由她最终整理完成的《山魈考》第二版手稿邮递到安卡拉的出版商厄齐尔先生手上，随件夹寄的是一枚已氧化乌黑的弹壳和一则附言："与其醉生梦死，不如举起这小小的铜杯饮一口黄泉之水。"同样曾为教授门徒的厄齐尔想必会露出苦笑，无论故弄玄虚或是黑色幽默，和他有过一段情愫的古辛小姐都堪称塞汗·阿赫斯卡的衣钵传人。

次年春天，第二版《山魈考》在土耳其出版。对于彼时屈指可数的土耳其读者而言——范围仅限编者亲友以及出于礼貌和客套对这一课题表达过兴趣的少数几位学者——值得留心的仅仅是一些先于阅读的笑料与奇闻。刺激他们想象力的要点并非一个新的历史及人类学疆域，而是精神失常者的疯狂言行，以及一个饱含恶意的传说中师生之间的暧昧关系。就在书籍出厂后不久，不幸的事件再次发生，惨痛但恰如其分，几乎像是以一种文学手段生造的历史呼应。厄齐尔先生治下的山羊角出版公司发生火灾，五百平方米的图书仓库被付之一炬，未及进入发行环节的九百七十一册第二版《山魈考》在其中尽数被毁——另外的二十九本样书则作为赠品已提前寄往科尼亚、安卡拉和伊斯坦布尔等地。

传闻此事乃厄齐尔在业内的宿敌耶尔马兹收买后来失踪的仓库管理员下手所为，此人在十余载之后成了安卡拉乃至整个土耳其的出版业巨子。报刊登载他的照片鲜有正面，往往只是侧脸甚至背影。有传记文字声称他的长相棱角分明但不失和善，但另有坊间传说描绘其生就一张楔形的脸。尖得出奇的下巴使他的脑袋像一把斧头的横截面，为了讨好一位对他多有提携的官员，他曾用下颌骨击碎两只核桃，劈断三块木板。

如果不是一个孩子适时来到人世的话，之后就再没什么可说了。1929 年春天，奥坎·阿伊德出生于伊兹密尔一个富裕的新派家庭。在他的右臀生有一块拳头大小、形似鸡雏的赤色胎记。他母亲的姐姐，一个被亲友一致公认为古怪的老处女就此解读道：有胎记的人要比没有的人多一张面孔，除了属于今生的活人的脸，还有另一张地狱之火没能彻底烧尽的前世的脸，带着死前一刹那的表情。七岁的奥坎·阿伊德在一次闲谈中从妈妈那里得知了这个说法，从此拒绝食用任何一种禽类。对于年幼的奥坎，每年只能见一两次面的古辛姨妈有一种确凿的女巫气质，他如履薄冰地置身于她所营造的魔力场域以内，她的言行所暗示的一切，均被理解为一个神秘世界向他发出的指令。

十一岁生日当天，奥坎第一次借助手边的辞典阅读《山魈考》，他尚属残疾的文字能力扶着拐杖踏过这样一个句子："所谓神，即是以鸟为犁在天空耕作的农人。"于是他脱掉裤子，站在两面镜子中间反照自己的背后，期待着神使他的屁股羽翼丰满。这种偷偷摸摸的自渎行为持续了一个星期之久，直至他又被这一句戳破了念想："风的针穿云的线，只为缝补被翅膀割破的天空。"这是，或只是对飞翔的谴责吗？就像吓人箱里的拳头，疑惑时常会从字词堆里突然弹出来；句子与句子战事不断，单打独斗或两军对峙、势均力敌或多寡悬殊；有时是近邻之间的冲突，有时是隔着大半本书的远征，但总归没有打出个结果。小奥坎的头脑备受折磨，最后他决定接受父母的意见：这本书与他的姨妈一样，出自某种反常识的例外，不值得深究。

1946 年夏天，遵照父亲筹划多年的设想与安排，尚未年满十八岁的奥坎只身前往伊斯坦布尔大学学习德语。在那里，他遭遇了前所未有的孤独，并以少年人的轻率将对这种孤独过度的、无止境的反抗同时视为乐趣和罪责。家道殷实的他开始流连于销金窟、温柔乡，内心过早地经受阵阵情欲与愧疚的涤荡，使他笼罩于一种易被误认为衰老的疲惫当中。两年之后，在姨妈的葬礼上，一个目光呆滞似穴居动物的中年男人走向他，主动和他交谈。那人将颤抖的右手伸进襟口摸出一只随身酒壶，在他面前抽烟，陶醉如吞吐灰色的灵魂。他告诉他，自己与古辛是多年好友，感情甚笃，而且，他猜测眼前这个漂亮的年轻人就是她在信中多有提及的外甥奥坎。

"关于你，我可知道不少事情。"男人说。

"她可曾向你说起我的胎记，我的第二张脸？"奥坎询问他，嘲讽的语气让自己也感觉很不得体。

"啊，胎记，胎记，"男人轻轻颔首，"她对胎记下了这样的定义，她说那是一部被焚毁的经典尚未烧尽的最后半个页码，在那上面记载了一项不可外传的神圣奥义。"

"她总是这样善变吗？"奥坎感到有些惊讶。

"不！"男人回答，"正相反，她固执、呆板。关于胎记，她始终坚持这一说法，似乎格外认真，格外有把握。她说她唯一不确定的是如果继续下去，这本书，这部经典会完全化为灰烬，还是反而会从火焰中淬炼出耀眼的真意。"

此后，时光被压缩在一句话里：1951 年奥坎被他的学业进一步流放至更远的维也纳，1952 年他和一位奥地利姑娘相爱，1953 年他们分手，1954 年到 1956 年他令人信服地连续赢得高额奖学金，1957 年阿伊德博士带着他的学位回到土耳其。

在这期间，他每每尝试以多种不同的象征手段解读一块污渍、一颗卵石、一道菜的配方、一个坏习惯、一种常见或不常见的地质结构。有一次他说爱情是一颗抹了蜜的子弹，另一回他又说爱情是一条蚯蚓被切成两截后断开的部位将灭未灭的神经反应。他部分掌握了事物化身为语言的诡秘方式，并以此重新审视古辛姨妈和那本奇怪的书籍——简而言之，不存在真假之辨，一切言说俱为真实，因为不相容、不和睦、无序、随机、冲突，正是一切现象之根本。1959 年，经过几个月的打听——之所以需要那么久，只因他从未感到迫切，奥坎·阿伊德找到并专程拜访了曾与他有过一面之缘的厄齐尔先生。这位不修边幅的长者请他留下来吃晚饭，他却脸色突变，双手在身上胡乱地摸索了一通，等到被问及是否不见了什么时，才停下来露出微笑："不好意思，我弄丢了我的胃。"望着他，厄齐尔望见了活生生的回忆，逝去的半生——一团纠结难解的年月之数列——在他面前如云雾散去。他说："在你的身上有另两个人，还有两册被遗忘的书，你是第三人，但仍是同一本，你的生命等于一乘以三，再除以三。"

至于《山魈考》一书，第一版早已无处可寻，在伊斯坦布尔大学图书馆的登记簿里，最后两位借阅者的签名受到某种不知来历的腐蚀，似给一群食墨的妖菌做了果腹的点心。而免于火灾的二十九本第二版样书出于受赠人的轻慢，不过三十年间，竟然全部丢失，其中也包括古辛本人送给外甥的那一本。经过破产、失意，加之从安卡拉至伊斯坦布尔的长途搬迁，原先保存在詹苏·厄齐尔手上的第二版手稿也仅余七章。奥坎时常在夜里就着灯光，捧出重新装订整齐的残稿，借手指搓捻纸张的触感翻阅自己的童年。从那时起，直到八年后《山魈考》第三版完稿成书，奥坎始终低调但不懈地进行与之相关的调查，其范围的无限广大使他无异于同空气搏击。尽管年幼时曾通读全文，但他并非神童，对于缺失的四章内容，虽夜夜抛撒记忆之网，最后捞起的仍不过星星点点。所幸尚有厄齐尔先生在奥坎·阿伊德的请求下，念及故人之情，穷尽心力，整理摘录自己与泽比尔希女士以及阿赫斯卡教授有关《山魈考》与魃阴族的诸番对话和书信往来，其中或直接引用，或间接转述，多处涉及已告遗失的章节内容。如今，我们读他的《忆林掘珍》一文，就是掀开时空的帷幕，对那些被遮蔽的部分作惊鸿一瞥。只留下，但到底还是留下了火花般倏忽明灭的只鳞片爪。

　　1967年春天的一个下午，一位自称对魃阴略有所知的男人致电博士，并于一个小时后抵达他公寓的门口。恰逢奥坎的情妇，一位驻颜有术的迟暮美人正与他道别，一只脚刚跨过门槛。待她离开后，来访者长叹一声，感慨昭华易逝。奥坎不由得大吃一惊，原因有二：第一，即使视力健全的男人也不敢断言女人的年纪；第二，眼前的这位是一个面戴墨镜，不住用手杖敲打地面的盲人。在他的要求下，陌生人向他解释道："世上只有两种苍老无法粉饰，阴毛丛中的银丝和影子脸上的皱纹，因此她可以瞒过所有人，唯独你跟我除外。"而紧接着，这位神秘来客下面的话却更加耸人听闻："我，是一个魃阴人的后代。"

自《山魈考》原书的作者之后——况且他并未署名——首次有人自承魃阴一脉，其意义不言而喻。两人共进晚餐，一番长谈直至深夜，盲眼的男人向博士叙述了一段包含血腥世仇、夺宝逃亡、匿迹、通奸、乱伦等全部骇人词汇的家族史。其间一人问一人答、一张嘴一支笔，他总要等到奥坎抬起头与他面对面时才会开口，对此他解释说，人与人的相互理解遵循力学定律，对话的双方应充分地相对，以此使表达与领会的面积最大化。等到一切叙述告一段落，他不顾奥坎的一再挽留，坚持于当晚离开。

"无知的人称我为盲人，"他说，"天文学家会看到我的太阳是黑色的，海洋动物学家会看到一只乌贼盘踞在我的头顶。"

他站在门外抖开一条绳索，拴住一阵撒欢的风作为向导，伴着僧人敲击木鱼般的嗒嗒声化入夜色，像一颗糖蹦跳着溶解在咖啡里。

几个月后，奥坎·阿伊德决定将第三版《山魈考》公之于世。已在伊斯坦布尔大学任教多年的他，并未利用自己在学界的影响大范围地批量印行此书，而是采取了一种奇特的、行为艺术的形式，在一段不长的时期引来了不少的关注。那是在明媚的初秋时节，一大清早，他出了寓所，迎着温和的日头伸了个懒腰，仿佛穿透了一层发光的茧。他走向校园，夹道的无花果树在他面前抖开一条斑驳的青石长卷。他的目光温柔，心绪宁静，抬头望着树枝上的节疤和阳光下近乎透明的树叶，蛛丝般的叶脉和点缀其间的红斑像一个叶形之国版图上的河流与村镇。低下头，他又看到路面的起伏，以及青砖的棱角与纹饰，在封门板卸掉一半的店铺门前，条帚的扫痕使他想起一位少女正在梳理顶上的青丝——她犹豫着该绞条辫子还是挽个发髻。灵感从体内照亮了他，令他好似一件灌满了风的乐器，于呼吸的起承转合间，在七窍所感中奏响天成的乐音。

从那天起，一遇上好天气，他都会携一桶一帚，腋下夹着一沓稿纸，于中午的闲暇时光来到图书馆门前，饱蘸清水，在地面抄写《山魈考》中的句子与段落。后语始成，前言已干，将受之于天的文字归还于天。起初，路过的师生们只稍缓匆忙的脚步，投来好奇的一瞥，但只消再见一次就像喝干了双份的狮子奶①，被迷惑

--------

① 一种土耳其特产的烈酒，据说其酒精含量最高可达70%，与后文中名为"恶魔眼吊坠"的饰品一样，都是在土耳其当地十分流行的特色商品。在这块土地上，与此二者一般流行的，是在这种命名原则之下隐含的一种智慧现象。土耳其人以猛兽的乳汁来指称本地的烈

勾住裤脚，不自觉地驻足观望，如果还有第三次，他们必定会为这个场面的舞台感与宿命感所折服——水在挥洒、字已轮回，晴朗的午后，被日光汽化的传奇濡湿了每一位观者的口鼻。

　　每一日，偶遇的、顺道的、专程赶来的人在博士身后成行、成片、成林，三种动机交织的地毯越铺越大，其中的第三种色调更是点增滴长，渐渐地窃居主流。不过两个多月工夫，奥坎的名声不胫而走。在冬天到来之前，土耳其新闻报刊登了题为《字生字灭：秋日校园里的荒唐独角戏》的报道，一位心理分析专家——同时也是奥坎的一个朋友——应邀做出分析，称当事人无疑在实施一种补偿行为，论其根由，可能与两个事件有关，一是童年时期的奥坎曾因为在墙壁上涂鸦而遭到父母的严厉体罚；二是在奥坎十岁时，一位从事清洁工

---

酒，既赞美了饮酒者的男子气概，却又将之等同于黄口小儿；他们将贴身的饰物比作魔鬼的器官，寄托的却是平安吉祥的心愿。表面看似矛盾，实则暗合一种潜在的情理。这新月之乡的人明白，世事如同双头蛇，通过自我反对和自我撕扯形成其赖以成立的表面张力（形势往往一触即崩，但到底还是借此悬停于存在之中，暂时获得了一个确定的坐标）。因此，英雄本就是世上最幼稚的人，而魔鬼既然自我允诺，不行善只为恶，要求自己像夜行的蝙蝠一般避开每一桩善行，可想而知，其双眼必然具有明辨是非、趋吉避祸的异能。当然，天使也拥有无与伦比的判断力，可是天使从未现身于我们之中。

作的年轻女仆曾令他深深着迷。人们来来去去，猜测议论，甚至对于文字的物质状态以及书写的有效性发表了不少形而下的和形而上的观点，但几乎没有人看到，更少有人提及他究竟在写什么。

两年后奥坎·阿伊德死于一次幽会——此前他为了隐匿自己日益增长的疯狂而长期独处，许久未近女色——在满足的战栗过后，他仿佛被一个突然绽放的笑容击毙了。医生和敛尸人均声称曾目睹他的臀部出现火焰般的异象，两者的不同之处仅在于，第一位看到的是被烧毁的鸟巢和一副鸟的骸骨，而第二位，据其本人所说，起初他以为看到了一个被烈焰焚烧的中国字，但马上又否决了自己——根本不可能有这样的字。那是一个四四方方的雕版，当中布满长短不一、纵横交错的直线，以凹线或者凸线为基准，看到的笔画自然是不同的，更何况凹凸之中另有凹凸，所以每一眼都会看到不同的字，如果非要给个答案，那么它更像是一座由无数回廊、沟壑、阶梯和桥梁构成的复杂无比的迷宫。更有兴味的是，两位负责给遗体更衣化妆的仪容师却坚称阿伊德先生的臀部白白净净，除了几颗芝麻大小的红痣以外，什么都没有。奥坎虽终身未娶，却有上百名情妇，一共为他生下三个女儿、八个儿子。最小的儿子在父亲死后才出生，在他的左臀有一块赤色胎记，形似一个残缺不全的笑脸。

比奥坎博士年轻七岁的艾力诺·古乃利那时刚与他的第一任妻子离婚，他们短暂且不愉快的婚姻只维持了三个月。妻子向亲人和密友控诉丈夫的病态，他将她为新厨房购置的所有刀具丢掉，并且株连了从事女红必不可少的两把剪子。艾力诺认为所有的女人出于天性，都无可救药地敌视男人的阳具。她们在厨房里、案头上，切断一根胡萝卜、剪掉一块布头，背对你，低下头，专注地，面带毛骨悚然的微笑，假意接受了服侍人的命运，实则是以烹饪和手工程序中的类比动作转移对男人的阉割冲动①。这个很可能被自己的或别人的某一次割礼

①　弗洛伊德为这一恐惧命名实属多此一举，精神分析的方法论缺陷使得其中普遍的和根源性质的神秘未能尽显。或许从乌兰诺斯开始，这种恐惧就作为一种远古记忆扎根于性别意识深处，像一头独角的恶龙，俯伏在至为幽暗的洞穴里。天空神乌兰诺斯覆在大地女神该亚的身上，无休止地与其交媾，却要将因此孕育的子女捂在该亚的体内，不准许其生养。不堪重负的大地母亲指使儿子克罗诺斯弑父，要他趁乌兰诺斯与自己做爱的时候割掉父亲的阳具。最终，被阉割的乌兰诺斯就此死去，蝉蜕为一片青色的虚空。神话学家认为乌兰诺斯之死象征着生命的开端，正如宙斯推翻克罗诺斯象征着秩序的建立。但在这里，我们只对这个故事以最表面和最直接的方式传达的信息有兴趣。男性的性行为纯粹出于冲动，作为这种冲动的结果，女性承担起了自然赋予的生育职责，但女性的生育意味着男性不得不停止性行为。换句话说，在男性的性冲动中埋藏着一种

吓得精神失常的男孩长大后也在一所大学任教，但他却

悲剧性的悖论：它以自身的结果来反对自身。从神到人，每个男性都了解这种与自身背道而驰的意志。以这种矛盾作为背景，男性的阉割恐慌就与阿普列乌斯在《金驴记》（又名《变形记》）中所表现的另一种恐慌（性器畸变增大的恐慌）成了一体两面。男人对于阉割谈虎色变，也许正因为他们隐约意识到阉割具有无可辩驳的合理性：阉割便是悖论的消除。但实际上，悖论不止一个：理性始终视欲望为敌人，但在同时却又将终结欲望的行动——阉割——看作疯狂。这个悖论只能拆解，无可消除。拆解的方法就是将疯狂转移出去，将自相矛盾变为两相矛盾，于是，女性便接过了男性递来的阉割之刀。在一桩发生于日本的著名案件中，一个名叫阿部定的女人在情欲到达顶点时割去了情人的阳物，不得不说，在一定程度上，这是拱起那道情欲之浪的双方合谋的结果。古罗马诗人卡图卢斯的《歌集》第六十三首描述了一个名叫阿蒂斯的男人自我阉割的故事：先是"一种狂野炽热的冲动／驱使他用锋利的燧石割掉了腿间的重负"，然而在这之后"阿蒂斯回顾自己的所作所为，澄明之心／忽然看清自己失去了什么，此时又置身／何处，不禁心血激荡，重新回到岸边。／泪水涌满眼眶，在那里眺望茫茫海天……"阿蒂斯分明是自己阉割了自己，但为了不被悖论的旋涡所吞没，偏又必须将自己看作是"不由自主"的。值得注意的是，在诗中，引发了阿蒂斯的迷狂的神灵名叫库柏勒，也是一位女性。一般来说，阉割意味着力量被剥夺，意味着无可洗刷的耻辱——参孙被割去头发其实是被阉割的隐讳说法。但也有例外。《马太福音》19:12："因为有生来是阉人，也有被人阉的，并有为天国的缘故自阉的。"在苏美尔神话中，征战与性爱女神印南娜潜入"有去无回之地"（即冥府），讨伐她阴毒善妒的姊妹冥界女王伊瑞绮嘉拉，结果却被其麾下的恶灵戕害，而后水神与智慧之神恩基应印南娜的侍女宁柯尔巴所求，创造

没有奥坎那样显赫的留洋背景，称不上学者，只是一名基础教员。每周两天，礼拜二和礼拜五，为他的学生讲授中亚史和人类学课程。1967 年的秋季，他也是那些兴致勃勃同时又心不在焉的旁观者之一。在这个特殊集群的演进过程中，秩序和层次是自然形成的，甚至早于集群本身。他们宛如一页自动排版的字符，在矩阵中占据各自的位置，一旦有人离开就依次递进，填补缺口。在这一规律的支配下，虽然没有强烈意愿，但出于无所事事以致次次不落的古乃利像是楚河边、汉界旁的小兵小卒被一步步地顶上了最前线。在外人看来，他无疑已是奥坎最为坚定的追随者。

10 月的一个休息日，走出婚姻事务登记处 —— 他曾经在这里认领了一个丈夫的合法身份，现在终于完璧归赵 —— 艾力诺·古乃利只身来到港口，顾盼那些进港的船只、出航的船只、抛锚起锚的船只、靠在岸边摇

---

了两个奇怪的生物，一名噶拉图拉，一名库尔雅拉，两者都无性别（即为阉人），却凭借神圣的水和食物让已化为"绿泥"的女神复生。可见，有一种阉割不但无损人的完满，还可能使人圣洁，予人神力。那必是一种从对立中脱身而出的，有益的中庸之道。艾力诺·古乃利对此有所发现，他称这种阉割为人称的阉割，他称这种阉人为"你"。与古乃利共享这一发现的还有现代神学思想家马丁·布伯，他最著名的书便叫作《我与你》。

篮般轻轻晃动的船只，以及那些成群的兴奋、独个的戒备的外来客。他从强壮似金刚的非洲大汉的赤膊中挤过去，与缠头巾的穆斯林打了个照面。因为他的经过，几名歇脚的水手停止以南半球的语言交谈，他们抽着烟，以目光跟随他，面容冷峻。嗅着柴油、狐臭、石灰和烟尘的气味，他与散漫的海鸟同一步调，在钢铁与汽笛的奏鸣曲里走进走出，思考着：所谓家庭，就是一座雌雄同体的房子，法律之力随时可以拆除它，正如随时可以筑起它。站在岸边瞭望，海和天空静若处女伊斯坦布尔吻向亚洲大陆的两片蓝色嘴唇。他仿佛看到头顶三角帽的船长们翻出人手一张的航海地图，拿笔一划拉，祭出各自的纸上分水术，带领大伙儿骑着大大小小的铁鱼铁龟漂洋过海，被抿于唇间的地平线像一台创世纪打印机将整个世界的美景对着他们徐徐吐出。

黄昏时分，暮色的纱巾拂过面颊，古乃利突然醒悟到，自己不仅失落了一根肋骨、一种性别，更遭到一种人格的罢免，他被切除了第一人称与第三人称，从此以后，只能居于一种中间状态。再无什么我国、他乡，从此以后，他只能称所有人为你，称自己为你。

次日一早，他即辞去教职，再隔三日便乘船前往伊兹密尔。在那里他拜见了阿伊德年迈的母亲，出奇地，她竟然被他的疯言疯语所说服，将逝者遗留的一大沓稿纸赠送给他。同年，艾力诺以奥坎·古乃利为笔名在文学杂志《鞑靼》发表以魃阴族为主要素材的中篇小说《秘密的决斗》。通观全篇，无论主角、配角抑或路人，凡出现人称代词，均为"你"，甚至也罕有复数形式。读者对此多不以为然，批评其哗众取宠、难以卒读，但也有极少数评论家给予关注，并持激赏态度，称其弃绝了第一人称的主观和第三人称的漠然，隔着言语的桌几，或含情脉脉，或横眉怒目，与一切人与物保持永久的相对和一种映射式的观照。

多年以后，考古学家维塞·伊马斯教授也曾与本书的中文版译者胡杨女士论及小说家古乃利的作品。"奥坎·古乃利的可取之处在于他对人的身份问题做出的预言。"教授说，"他指出'你'是一片大海，而'我'与'他'却只是其中的两个岌岌可危的小岛，被吞没只是早晚的事情。"当时他应邀来到中国新疆，对库尔勒城郊的一次新的考古发现做评估，邀约方希望他的权威意见可以被用作定论。出于对教授本人的尊崇，以及自己作为本地学者所应承担的义务，胡杨女士受聘为伊马斯教授在中国期间的翻译兼助手。那是 1997 年秋天发生的事，一位古板的老者和一个孤僻的妇人很难带给你罗曼蒂克的幻想，当他们肩并着肩，站在一尊出自原始崇拜的阳具神像前，生育的自然力想必也会凶猛地撞击他

一位古板的老者和一个孤僻的妇人很难带给你罗曼蒂克的幻想……

们干枯的身体，但妙趣横生的春宫图景却不可能以这样两个形象来进行描摹。他们之间有的只是事务性的对话与接触，一些偶现的、隐晦的、恋物的色情意味只有以变态的妄想才能够捕捉。

在两位学者的合作过程中，一些未曾料想的发现指向一个从未被正史记载的民族，而颇费周折才终于收集到的一些信息竟与伊马斯教授许久前读过的一篇离奇的小说不谋而合，这使两人振奋莫名。他们当即约定，在维塞返回土耳其之后保持通信，继续各自对这一地下课题的研究，可是没想到调查工作却进展得出乎意料的艰难。伏案翻阅了数十本《报刊文章目录年鉴》《书籍作者与目录索引》之类的官方资料以后，教授发现奥坎·古乃利署名发表的作品仅此一篇，而除了这个名字以外，他再也没有读到有关这位作家的只字片语。维塞·伊马斯教授并未放弃，而且似乎也不感到悲观，他在日记里写下神秘的话语："欲寻乌有之人，须往不在之处。"

十一年后，即将淡忘此事的胡杨女士在家中收到一只航空邮包，其中装着的自然是一些稿纸与信件，另外再加上几瓶土耳其香料和几件恶魔眼吊坠。在来信中，教授将自己的近况以及这许多年来的经历略过不提，只请好友将他寄来的《山魈考》残稿翻译为中文出版。译事伴随着生活的流转，直至 2012 年，胡杨博士才将部分译稿——含各版序言、附言、研究文论及原著的首章首节——快递至本社。我社编辑读后深以为然，即刻与译者取得联络，并相约于当日下午进行会面，可是当他来到博士指定的咖啡馆中，却未见其本人，只有侍应代为转交的一张字条。其中没有做出明确的交代，仅写有一段似是而非的呓语：

> 我的不在已在你面前，
>
> 我的不见已与你相见。
>
> 我在时，你的身边空无一人，
>
> 当我离开，你的身边会多出一人。
>
> 我已赶往另一不在之处，
>
> 赴失约之约。

谁曾料想之后胡杨博士竟踪迹杳然，家中只余空房一间，手机也无人接听，我们通过学院及其亲友多方打听，结果仍旧一无所获。本书付梓前夕，我社曾尝试通过土耳其文化中心联系维塞·伊马斯教授，静候月余，却只等到教授已失踪多时的消息。一场同谋抑或只是一个巧合？我等不得而知，虽有人质疑此书是否仍有出版的必要，但事已至此，无主之托反而愈发无可推拒。相信多年以来数位学者的文章与言论，以及发生在他们身上的若干神秘事件，足以使本书的内容不至过于单薄。据考证，《山魈考》一书的结构似一张蛛网，也如一座由中心神殿不断向外扩建的城池，每一章每一节均可视作层层嵌套、大小不一的圆，首章首节居于这一系列同心圆的中央，具有独一无二的地位，一旦失去它，所有其他的圆内都会出现一个空洞，就像剜去瞳仁的眼睛、割掉睾丸的男人，因此本版译文虽只收录原书中的一节，却取其核中之核，正可独立成篇、完满无损。

尽管不切实际，但我等确亦怀有愿望，希冀本书读者中有人知晓过往诸位编译者的下落。或许冥冥之中已有一个电话、一封信件，正经由一道线路、一辆邮车，裹挟真相疾奔而来。我们将在此等候。

编者

2013 年 4 月

# 中译本序

阴影就是权力的形状。

——埃兹拉·庞德《反叛》

作者之于读者，如同一个字敲击它跻身其上的这页白纸，期望比邻而居的另一个字从这面薄而韧的墙壁背后回应它。而身为译者，感受却尤为特殊，我似乎是这两个身份的不完全的结合，是一只实心的花瓶、一把朝前后两个方向同时射击的手枪，不伦不类、画蛇添足。我既是以笔杆为拐杖的跛行者、在键盘上爬行的学步者，也是以目光为腿脚的漫游者、用瞳孔咀嚼铅块的饕餮者：一个全新的斯芬克斯谜题，以及它的一个全新的答案。

我驽钝的头脑里盛不下作者奇巧的思想，我的解读或误读，令到作者与读者双方都可能受到中伤。如果非得赋予我不告而借的言说一些价值，那么我想，只在于它能够如实地反映写作与阅读之间的隔阂与矛盾。

《山魈考》一书的翻译历时两年，其中的每一页、每一行都像倒长的睫毛令我疼痛、流泪，但我不能使用

"感动"这个词语，正像钻石或星辰的美丽与食用价值无干，它们分居两个不同的范畴，这些文字本身就是一种物质实在，可以直接作用于生理。我将之归于魆阴文本身的魔力，尽管尚未有前人敢于作此假设，但根据一些迹象似可推断，这部著作的土耳其语版本很可能也是经由翻译得来。魆阴人历来只允许族群或部落中的巫师进行写作，因为他们认为一切意义、概念、记忆、对实物的指代与抽象的再现，只有巫术的力量才能够驾驭。巫师们勤于写作的目的在于通过词与词之间无穷尽的组合发现一个又一个功用各异的符咒。

　　魆阴是以天地两套原则饲育语文的民族，所谓开喉放音似飞鸟，下笔囚字如困兽。他们对于语音的实践分外热衷，充分发掘了舌头、牙齿与颌骨的发音潜力，为了一些含义或语调的细微差异，有时不得不抽自己耳光，或者曲指握拳，叩击、敲打自己的头部和膝盖。更有甚者，一则警世寓言在魆阴人中代代相传，说的是曾有人为图方便，出门时没有随身携带足量的发音工具，正好遇上一个朋友，与他谈论一种在石头里游泳的鱼，为了陈述在稠密物质中运动的艰涩之感，他只好折断自己的一根肋骨，但朋友偏偏听力不佳，逼得他一再重复，直至烂泥般地死去。

　　由此可见说话对于魆阴人的杀伤有多么严酷。为了闭口缄言，他们往往独处，但在每个大大小小的祭祀仪式或政治集会中都不免有人死于口舌之下。他们的语汇量不断地扩充，早已从实际需要中溢出，边界无穷广大，似乎已在宇宙之外。对于他们来说，对话的意义不在理解或争论，声音本身也是一种物象，两人之间的交谈是相互投掷，是一种以命易命的兑换，言语多寡可以理解为兑率高低有别，而沉默自然至珍至贵，是宇宙空间的声音表现。他们发明所有的语音只为装满沉默，正如酿造最醇的美酒以便配得上镶嵌宝石的金杯。

与此相反，对于文字的表达力他们却异常悲观。在魅阴人的符号系统中发音与书写是两条毫无关联的平行线路，分别牵连着自然的丰富多变和人工的单调重复这两套生活景观。他们视文字为一切创造的开始，确切地讲，文字即为先于实物生产的设计图样——但超于一般图样，因为在魅阴人看来写下便意味着实存，没有任何弃用、修正或停产的退路。写作即是以纸简陈列各类产品，不同文本的区别只在于货架上的排序有所不同。如果我的猜想没错，在《山魈考》中，名词应该都是人造物，之所以在土耳其语版本中出现大量自然风土的描写，多是对一些奇特的物品，就其形象、用途、制作工序或历史起源，做意义的拆解与变形。

例如"两条蛇在一头幼象的头骨中交尾，如果没有在做爱时死去，就获得了四条道路，左眼洞外有一朵红花，右眼洞外有一条水沟，鼻子洞外有一块麦地，嘴巴洞外有一块石头；两个人在狗熊冬眠的洞穴里性交，如果没有在做爱中死去，走出洞外，就能同时拥有春夏秋冬四个季节"。其实整段话不过是想对一种叫作"巴卡"的占卜工具做似是而非的概述。至于异泥、贝录等未经释义的音译名词，盖因其与任何普世之物皆断绝一切关联，无法解释，更无法替代。

魃阴文的说明能力接近于无，除非以高度的形象化直接诉诸视觉，否则不可能描述任何事物的形态。为本书辅以插图确实合情合理，但这关涉另一原则：魃阴人在一切之上作画，唯独不在纸上，因为水墨对画纸的侵入是一种破坏。在他们看来，绘画是为了赋予存在一种浮于表面的弱化层，绝非复指、强调，而是赋予存在一种不存在的可能。他们在刀上画刀、在脸上画脸，是为了以鲜血洗掉刀，以表情抵消脸。

《山魈考》原文共十一章，每章十一节。"十一"之数对于魃阴一族而言意义颇为特殊，他们切分时间的方式与农牧无干，与生计无干，与鸟之南北、树之枯荣无干。最小的时间单位被称为色，一日计为十一色，十一日为一丰、十一丰为一重、十一重为一浑，魃阴人的平均寿命在十一浑上下。十一这个完结之数意味着一个人终将面对自己的影子，穿上影子、走入影子，与之做最后的了断。在此我姑且附会一番，就阿拉伯数字 11 的直观形象而言，阿拉伯人似乎与魃阴人在这一观念上达成了一致。

这部有关魃阴的百科全书内容包含格言、祷词、降神仪式、历法、卜巫之术、编年史、烹饪技术、三种传统手艺的制作流程和各类轶事传说，并对一种介于走兽与妖魅之间的异物做事无巨细的科考记录，就其生存的地理环境、食物范围、天敌，以及迁徙、交配与繁殖等季节性、周期性活动进行了详尽的资料罗列。在每一章节的末尾处都附有作者的评析与注解，从内容看——往往是关于如何捕捉、猎杀、饲养、役使这类妖物的经验之谈——其身份应是一位猎人或牧人。本书原名可音译为"喀其拿第"，在魃阴语中意指"吸食黑色的骨髓"，鉴于其所描述的诡奇物种与中国民间传说中的山魈十分类似，故将中译本命名为《山魈考》。

值得说明的是，书中诸多混乱难解之处非因作者神志不清，实则他根本没有被阅读，乃至被读懂的非分之想。写，并不一定因读而成立，魃阴人往往翻书如浮光掠影，不只不求甚解，连入目与否也顺其自然。"读"这个字意味着智力的征伐，过于强硬，魃阴人却只将看书视作海滨的游览与观光，他们赏纸浪、捞文藻，揭开的、掀起的、翻过的全是一方方柔软的风景。古有闲人曾为书的起源杜撰了一则既诡且美的童话故事，说的是一位公主得了一面可以翻阅的镜子，随时可以翻到自己最喜欢的一页模样，于是她在镜前流连了一生，至死不自知，分明已化作白骨却仍在每日晨光初露时，将镜子翻回到少女的容颜。由此可见，翻书对魃阴人来说亦可作为忘却尘世、跳脱生死的一项修炼，臻于曼妙者，指腕柔转，如拨弄无声的琴弦，似将一把看不见的折扇慢悠悠地从左至右反复地打开、合上。弥留之人尤其嗜书如命，他们认为将体温留于书中可保生机，只要目光的粘连尚未中断，纸外的命数即会因纸的庇护而得豁免。

　　我的朋友牛膝（我不知如何书写他的名字，我甚至无法读他的名字，那几声刺耳的发音听起来像利刃切割牦牛的膝骨）曾向我介绍，在魃阴文中，"书籍"与"沙漏"是同一个词语。我在巴楚遇到的这位老人自称是十二木卡姆的秘密传人，他头顶的每一丝白发，从根部至末梢都录有一节纤细的乐谱。在当地唯一的大巴扎里，他坐在一个馕坑背后，怀抱一把沙塔尔，对我说了很多那时我无法立刻领会的话语。他告诉我有一种人，他们的双眼如同沙漏，或连成一体，或上下排列；

还用雨点般模糊闪烁的轻声细语向我诉说一头紫色的骆驼——它的前半身是白天后半身是夜晚——如何将生与死分别存储在它背后的双峰之中。他提醒我："你正骑在它们中间，千万要注意姿势，应当前倾而不要后仰，要把影子留在身体的前方。"

在我的一再请求之下，牛膝答应为我演奏一段恰尔尕①。乐曲每经过十分之一便会转入一个新的陌生而离奇的调性之中，以往我从未听过，而当他终于开口歌唱，歌喉竟娇媚如同少女。他解释说："这段歌曲是我的右手小指，也是我最年幼的孙女，我活得太久了，以至于每一根手指里都埋葬了我的一个亲人。"

有关"书籍"与"沙漏"的辞源问题，不能归于任何寓意。魃阴人从不使用比喻，很可能也从不知比喻为何物。至于将双眼比作黑白鱼之类，不过是译者的发挥，魃阴文里没有"眼睛"一词。那两条双色小鱼，是他们从十万块卵石中拣选材料，由技艺高超的工匠历时三年打磨而成，一切只为以人造物来表示神造物。魃阴族的沙漏并非一种计时工具，除去粗放的数学意义之外，魃阴族尚不具备恒常的时间观念，在他们看来一切

————————————

① 十二木卡姆中的第四个套曲。从未有人为我演奏恰尔尕，但其中的一句唱词却总是在我耳畔浮现。这个句子出自诗人纳瓦依："我的秘密从睫毛背后的洪流中涌出。"这洪流是一道目光，或是一串泪水？

形式的流逝均是以逝痕行书写之事，并以其颠鸾倒凤之姿循环往复。因此，"流逝"这个词可意译为"书"或"沙漏"，读音似一条惯于在浅水区活动的鱼搁浅后在河床上摔打身体、鳞片飞溅的声音。

传说最早的源书，或称母书原本就是一座沙漏。他们以大小不一的筛子经过十一次筛选，只剩余与白蚁的第二段身体直径相同的沙粒灌进沙漏，每一颗沙砾之上都刻有一个字——不是魈阴文，而是一种古老到不知出处的象形字，魈阴族内也只有少数人能读懂——漏孔大小每次只能容一粒通过。魈阴人依照沙粒通过漏孔的顺序逐字阅读，每一次沙粒漏尽，再重读，都会得到不同结果，只有巫师才会将读到的内容记录下来。魈阴全族总共只拥有三座沙漏，分别由三个部落的首领保管。第一座沙漏与每一颗沙刮擦时都会发出不同声音，因而是一座供盲人阅读的沙漏；第二座沙漏只陈述事实；而第三座沙漏则只会说谎。因此《山魈考》还有一个副标题：对 3 号沙漏的第 10010 次抄录。

维塞·伊马斯教授对于我亦师亦友，他曾大胆地假设这些被魈阴人寻获，而后遗失的沙漏曾在各个文明之间流转，多数东西方古代典籍均录自 3 号沙漏，而 2 号沙漏的读者往往对其秘而不宣，至于 1 号沙漏生产的文字却因一位诗人而流传千古，他写下并歌唱的第一句话是：

> 歌唱吧，女神！歌唱裴琉斯之子阿基琉斯的愤怒
>
> 他的暴怒招致了这场凶险的灾祸……①

　　曾经对《山魈考》产生兴趣的寥寥几位学者都曾试图就魅阴族的生存脉络在地理层面有所计较，却发现魅阴人的出现与消失似乎都发生在人世的留白之域，唯一能够追踪的只有地图上一条令人眼花缭乱的迁徙路线。对于漂泊始终的魅阴人而言，山地与荒漠便是他们的羊水与黄泉，他们在风尘中日夜浮游，既在行走中出生也在行走中死去，但却从来不认可行走本身。和一个魅阴人聊起颠沛流离的话题，他会皱起眉头告诉你：你大概误会了，我们从不走动，我们只是居住在一块流动的处所。

---

① 有种说法认为荷马并不存在，但游吟诗人作为一个整体却几乎与时间同时产生，并且也将延续至时间终结。也许"诗人非人"，正如"白马非马"。在根本上，诗歌产生于一个抽象的灵体，无论视其为人性的或非人性的，无论将之命名为"缪斯"或"灵感"，其唯一可能被知觉到的特征便是自由、变幻与流动。当《伊利亚特》的第一个诗句像神的一阵鼾声突然传入世间，我们只能想象那条通灵的舌头周围空空荡荡，仿佛被悬挂在虚无之中的，被词语之河反复冲刷以致苍白黏湿的河床——另一个"柴郡猫的微笑"。

　　魋阴族的故乡就像一辆透明的玻璃列车开过绿色、黑色和黄色的背景，直行、斜行、神龙摆尾、折返、绕弯，毫无规律可言地行驶不休。在魋阴人追踪家园的队伍里，若有临盆的妇女或弥留的老人，他们会加快行进速度，这样做的目的是追赶生命和甩脱死亡，因为生命总是跑在前方，而死亡却总是跟在身后。当孩子的哭声响起，当病患的呻吟声终止，每一个人都会或抬头或俯首，或大喊大叫或引吭高歌，他们以喧嚷之声在生与死之间的空腔内构成了一套正负反馈系统，加强了生的遒劲，冲抵了死的阴郁。

　　与一个魋阴人对话就像照镜子。在交谈中时刻注视谈话对象是魋阴族的习俗，这并非出于礼貌，他们认为看不见言语者的话语声若不是出自一具白骨，就一定出自一颗受精卵。如果没有对等的视觉交换，就任由一段对话持续下去，将令一方空虚、一方满溢，尸骨将化为飞灰，胎儿将折于腹中，后果十分恐怖。

　　《山魈考》的第五章第二节讲述了一个人与自己的亡魂对话的故事：

　　　　"我看不见你，你在哪里说话？"

　　　　一株仙人掌从骆驼粪里冒出头来，像一颗绿色的心脏膨胀、收缩，不断地搏动，刺尖渗出的血珠发出一股母马妊娠的气味。他拔开塞子，把装在水囊里的青稞酒从脖子上的洞灌进身体，清洗自己发臭的内脏。那名将他斩首的马匪背对他的尸身，腰悬一串风干的耳朵。此时刀已回鞘，他正温柔地看着夕阳，回忆起另一个黄昏，一次遥远的亲吻。也许他已经很老了。

"你又在什么地方？哪一个才是你？"

他变成了两个人。一个高一个矮；一个是长的，另一个是圆的；脑袋下边长了一双脚，脖子上面开了一张嘴。生前呼吸的最后一口空气流过被切断的气管，拂过一条一米多长、被血染红的沙带，在死亡未及抵达的身体末端，盲目挣扎的神经使双腿痉挛抽搐。

"原谅我，我不能回答你。我不知道我自己按照一种什么样的比例分布在身体的各个部分。"

"一个人和自己对话是可怕的。你看到过自己吗？也许你会在水中在镜中看到自己的样子，但你能把自己等同于一个平面吗？"

"那么你是谁？你就是我自己吗？"

"我即将出生但没有出生，你即将死去还没有死去，只有一个短暂的瞬间，我等于你。"

"就是现在？"

> "就是现在。现在你非人，我非鬼。我们在各
> 自的中途相会，而世界将从此变成一个故事，在这
> 个故事里只有分离，无数次的分离。"

依本人拙见，这则无头无尾的怪诞故事对魃阴这
个民族的命运和最终去向做出了总结或预言。他们被
广大的时空稀释，在没有规定方向和目的地的旅途中，
从族群到部落、家庭，再到个人，不断地分化为更小
的单位，而这一分离与失散的历程至今仍然没有结束。

泽比尔希女士曾经总结道：魃阴就是一种族群形式
的孤独。魃阴人在独处时经常处于入定状态，他们或垂
头，或侧耳，安静地聆听自己的思想，就像听一条鱼在
幽深的湖水中闲适地游动，但这时如果附近还有另外一
个魃阴人，两人的思想便会互相撕咬、不死不休，倘若
是一群魃阴人坐在一起，则所有思想都会陷于混战，如
同慌乱的鱼群在整池沸水之中倍受煎熬。他们热衷于各
种集会，但从不达成任何共识，之所以参与其中，只为
当众表示自己的不理解和不被理解；他们组建家庭，只
为收集全性别、全年龄的孤僻与背弃。一千个魃阴人就
有一千种无法排遣的孤独，他们孤独到在孤独方面也不
可能形成合力。

就目前掌握的情况来看，魃阴族至少曾与汉族、哈

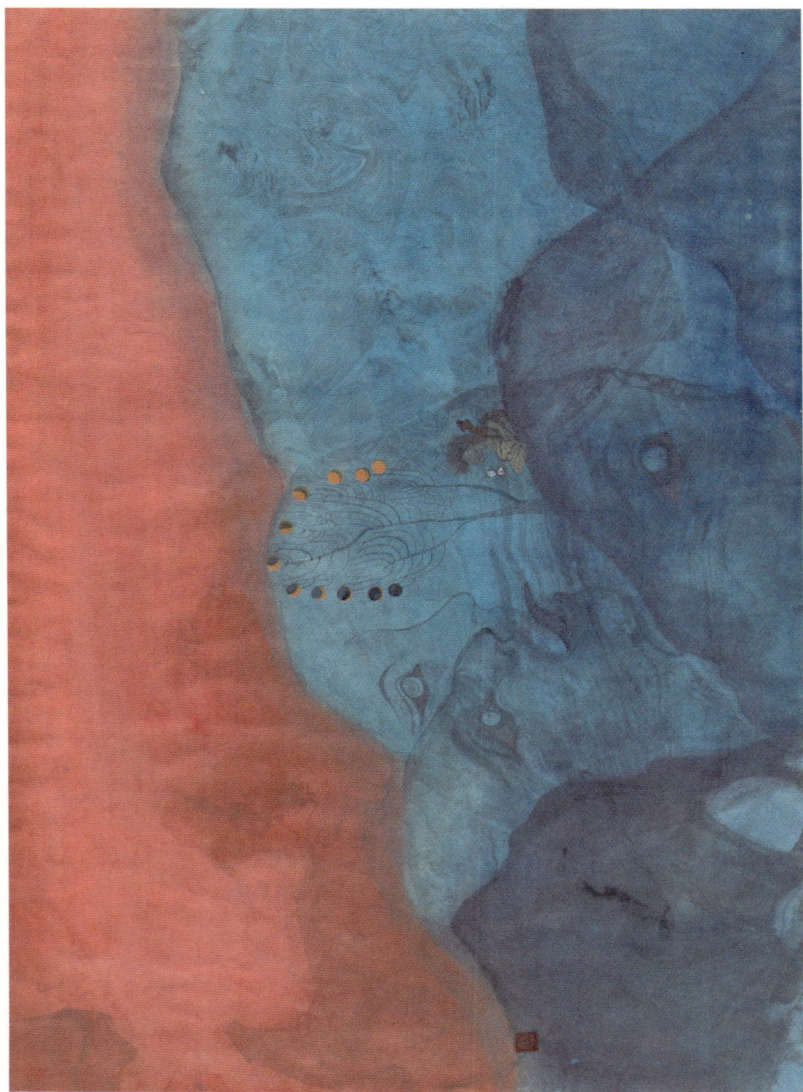

魅阴就是一种族群形式的孤独。魅阴人在独处时经常处于入定状态，他们或垂头，或侧耳，安静地聆听自己的思想，就像听一条鱼在幽深的湖水中闲适地游动……

萨克族，以及波斯人和斯拉夫人通婚，魃阴的血脉与魃阴的孤独像细沙渗入人世的网格，他们一边流逝一边扩散，从存在的反面抵达存在的极限。与此相近的另外一个说法出现在《山魈考》的第七章第十一节："泥牛入海①，牛仍在，消失的是海。"

因此，"魃阴"这个词，作为一个人种学概念，可大亦可小，同时趋近于零和无限。即魃阴已灭绝，或所有人都是魃阴人，这两种极端的可能性完全相等。而作为《山魈考》的译者，在本文的最后，我选择以一名魃阴后裔的身份，与这个我即将从中引退的世界道别。

是为序。

胡杨

2011 年 3 月第一稿于库尔勒

2013 年 2 月第二稿于腾冲

---

① 　泥牛，这种稍纵即逝的脆弱生物在宋代僧人释道原的著作《景德传灯录》中也曾出现。与其说这仅仅只是巧合，不如说这一意象背后的逻辑具有普世性。或许那头泥牛正是通过自身的消逝而化入永恒，从此便不间断地在典籍的海洋之中载浮载沉，时而予有心之人以惊鸿一瞥之机。事实上，无论对于魃阴或任何其他看似已消亡的民族，妄谈其存在与否都是可笑且可耻的，这里可以挪用那个被称为"累积悖论"的古老问题：即，将一堆沙逐粒取去，何时起便不再能称其为堆呢？

# 盲史

兼为一本也许无法问世的书做片面的、
不可取信的、本应化作灰烬的说明

我，第一个字。从瞳孔中出生，

光着脚在阡陌交错的纸上行走。

走出纸外的一刻，

你们看到的一切，与我再无瓜葛。

——《山魈考》第一章十一节引魈阴族符语


　　我对本文涉及的研究发生实质兴趣——于猎奇之外肯定其严肃的价值——始于十一年前的古楼兰文物展。现在回想起来，是哪一种身份使我得以受到邀约呢？伊斯兰艺术史专项学者、西域岩刻文化所研究员、锲而不舍的巫医方术搜集者，甚或是小有成就的兽语专家？从库尔勒到巴楚，再从巴楚前往岳普湖，之所以始终得到行事上的便利，与这个身份肯定不无关系。但正如魈阴族的那句格言：用羊粪串成的项链容易断开。我早已是一间歪倒在路边，大半被沙土埋掉的老屋子，回忆在其中零落一地，能自己记起的越来越少，除非神怜悯我，伸出手来——他用手心生育活人，用手背给死人还魂——帮我捡起那些结晶成盐的时间颗粒。

在库尔勒市文化馆非公开展出的展品均于同年 5 月在若羌县北戈壁出土，由此看来，这几十样古物被误断为古楼兰贵族的陪葬用具并非不可原谅。地理位置的迷惑性使外行出错，史学界和考古界的冷淡反应令这个低级错误没有被及时纠正。这些器物无论构造、器形还是纹饰，都与楼兰文化并不相符，这一点明确无疑。至于魃阴这个玻璃般脆弱的牧妖之族是否确曾存在，我却必须坦承，仅凭本书提供的资料，无论欲立欲破均有些勉强。所幸从昔日的无名作者到今日的孤贫学者，也包括你们，以目光灌溉这些文字的可敬读者，本就无志于此。真相是一种极难捕捉的三足异兽，两只有力的后蹄能轻易踏伤猎人的目光，这座凶猛的肉质之鼎与我们世代为仇，从不允许任何活人靠近。

在我的助手胡杨博士的提醒下——在中国期间多亏有她始终陪伴我——我注意到一块奇特的驼绒织毯，挂在封闭的玻璃展柜里，位于一只有内外两个开口的水囊（形状好似一条吞吃青蛙以致身躯臃肿的蛇）和一把柔软如水的马刀（刀柄由黄铜铸造，雕有长着两颗头的鹰嘴狼，但其刀身却是纤薄如纱的羊皮）之间，只比座椅的椅面稍大，下半部一片焦黑，看来很可能是从火中抢救出来的残部。黄色的毯身如一小块沙漠，其上有暗红、黛蓝与黑色交绘成令人费解的图案：两个全身赤裸的男人相对席地而坐。左边一人双目上下排列；右边一人双眼之间没有眼角，两颗眼球在连成一体的狭长眼眶里滚动。两人之间隔着一张画满方、圆、三角以及多种不规则形状棋格的棋盘，两边各有一队微型士兵，挤在中间狭长的锯齿状地带残酷厮杀，早已血流成河，在棋盘上方有无数飞虫大小的妖魔向着战场喷吐毒雾与火焰。

我想请胡杨就这图案给出她的解读，她摇了摇头，但还是回答我："地狱。无数地狱中的一个。"随后她告诉我，她猜想挂毯上的画面可能包含一种特殊的文字，而她曾听到一个怪人对她描述类似的情景，但她无法向我介绍他，只因他的名字十分难读。

尽管对于我们的理由不以为然，但新疆考古学研究所还是提供了我们所需要的帮助，当天下午即派车将我与胡杨送往巴楚县。年老体弱和因陌生环境而生的疲惫感使我丢失了现实，一路上，车窗像播放梦境的屏幕。车内的人映在玻璃上的脸，幻化成倒挂在漫天黄土中的人影，我们仿佛被无数土黄色的半虚半实的鸟围在中间，被它们好奇的眼睛偷窥，一种蒸汽车间或者洗衣房中的氛围令我汗流浃背。

在一个种有三棵杏树、五株葡萄的院落里，我们找

到了那位老人，他告诉我他的名字，声音刺耳如同刀具
剁开干枯的骨头。在这里我们见到的每一张脸，无论维
吾尔族、哈萨克族、回族或是汉族，个个类似，都被同
一副时间模具压上了灰土与皱纹，唯独这位被胡杨称为
"牛膝"的老人，他的老迈和他的风尘完全由另外一套
文字写就，而他本人就是沧桑的另外一种定义。

　　看过了我们带来的挂毯照片，他合起双眼，以严
肃而又缥缈，仿佛祈祷般的语气念诵一个神秘的段落：
"难娄，世上最后一位使用异泥的剑客；提里克，世上
最后一位演奏贝录的乐师。一个兹容部落的女人令他们
生死相搏。她的左乳透明，有三条首尾相接的哲罗鱼
在其中游动，右乳是一只会在危急时刻喷射乳汁的伊犁
鼠兔。他们之间的决斗是一个致命的假设，在对峙开始
时，他们首先毁去各自的一半生命，而剩余的一半将在
阴阳之间的夹缝中游走，寻找一副针线、一把铁锁或几
克凝胶，找到的一方有权将对方的一半与自身拼合在一
起，重新回到阳间，独享完整的生命。"

　　听完了他的讲解，我的困惑不但未能稍减，反而如
同顶上的白发愈发不可遏止。我请胡杨询问他那场棋盘
上的战争应如何解释，他仍答非所问地说："仇敌之间
总是相互敬重的，他们忠实于彼此给予对方的灾难，活
着使他们备感羞耻，对于他们而言，生命意味着一种不

正常的体温，是一种导致畸变的病理反应，是死亡的消化不良。"

作为一个年过半百之人，应该严格奉行禁止缅怀的戒条，但刚才听到的一个句子却像耳朵里的旧伤痕，强迫我回忆。被衰老漂白的想象力不可能支持我得出任何惊人的结论，只有模糊的可能性令我茫然。每一个事实都有其性别，只有两个异性的事实才可以结合，并孕育另外一个新生事实的端倪，而假象却可以通过分裂与复制，不断地进行无性繁殖。在我的周围仿佛有无数颗传播谎言的卫星，它们相互推动、相互覆盖、相互干扰、相互排斥，形成了一片纷乱的假象之海，阻挠事实与事实的相遇。

我曾在一篇小说中读到这样一段话："故事的主角只有一个，你和你，你们① 两人各占一半可能。因此在故事所要求的这场决斗中，你们必须分出胜负、决出生

① "你们"是一种并不准确的译法，第二人称的复数是难以想象和难以理解的，有悖于"你"与"我"对等的原则。"你们"的到来将导致"你"的瓦解和"你"的终结。十一世纪下半叶，喀喇汗王朝的诗人和学者马赫默德·喀什噶里编撰完成了包罗万象的巨著《突厥语大辞典》，其中在介绍动词"去"的用法时曾提及："如果第二人称系因年长和有地位而受尊敬的人，突厥人对他使用复数形式"；"在乌古斯语中，单数也可以用复数之上加复数的形式构成"。所以，"你与你"仍是你，"你们"与"你们"仍是你，正如 1 乘 1 仍等于 1。

死。你和你应该相互敬重，忠实于彼此给予对方的灾难，应该抓住机会，借对方洗刷活着带给你们的耻辱。而最终你和你，你们两人将会走出这个故事，在故事以外，一个扮演作者，一个扮演读者。"

一个故事，对于写作而言是雌性的，对于阅读而言却是雄性的。一对思想层面的决斗者，作者与读者，一个试图从故事里抽身而退，一个却想挺身而进，他们在阴道的曲折幽深处，在阴茎的黄金分割点遭遇，这一场景就像火车开进隧道时，两名乘客在突然到来的黑暗中慌乱地撞在一起。因此写与读的关系是性的关系，是精子和卵子的亲密与仇恨，其根本源于一种错觉：认为对方制造了，并同时瓜分了自己的快感。作为奥坎·古乃利的读者，我同样也曾扮演他的情人和他的敌人。我当场将自己的发现告诉胡杨，希望她能凭借某些我所不具备的，另一种族和另一性别的智慧来为我指明方向，但她同样像蛛网里的飞虫，被疑惑缠绕、捆绑，无法释放自己的思想。"不，教授，"她说，"很难把一个土耳其作家和一个从没离开过家乡的新疆老汉联系在一起，更别提还有那幅可能有一千年历史的挂毯……"

不知是有所期待，或仅仅只因精神恍惚，胡杨将我告诉她的全部翻译、转述给牛膝，而一定是由于同样的原因，我没有制止她。这个新疆老头就像一只骨瘦如柴的公山羊，时而沉静温和，时而咄咄逼人。他用三种方言和三个声音同我们讲话，两片嘴唇和四块眼皮上下开合，形成了三张喋喋不休的嘴巴。上面的两张小嘴语音清脆如同鸟语，下面的大嘴嗓音沙哑深沉，像猛兽的低吼。他说他曾经历过两次殊死决斗，正因如此，他的生命是一套有三个卧室的房间，第一人与第二人各居其中的四分之一，第三人却独占另外一半的地盘①。像这样的决斗，一个人最多只能参与两次，因为容量有限，每个人只有两只眼睛和一张嘴巴，人称更是只有你我他三个。他告诉我，那位奥坎·古乃利必定也是一场决斗的胜出者，在读与写的角力中，他撕裂并拼合了另一人的半条命。"而你就是他的下一个对手。"他突然伸出左手的食指，指向我，同时用一个婴儿般的、奶声奶气的声

---

① 十二世纪的阿拉伯作家伊本·图斐利在哲学小说《哈义·本·叶格赞的故事》中有过类似的描写。他想象在无人孤岛上降生的哈义·本·叶格赞是"自生"而成的，起初他只是包含着精神物质的一个气泡，气泡的内部由薄膜隔开成三间小室。其中，第一室的体积最大，其内部的精神物质也最为稠密，叶格赞的心脏即在第一室中产生。或许牛膝老人所谓的"活人是死人的坟墓"云云，正是就这种隐秘的建筑架构而论。无独有偶，奥地利作家罗伯特·穆齐尔有言："人是思想的坟墓"。看来，人即坟墓已被视为一个确凿的事实，这坟墓是有生命的，但其内部却只能盛放死亡。也许，我们还可以说，书也是坟墓，在一本活着的书中葬着所有死去的书。

音说话，神色紧张而又痛苦。

"活人是死人的坟墓，"很快，他恢复了老人的冷静与漠然，神色如常地说，"死人占据活人的回忆、瓜分活人的身体，只有死人才能掌握关于身体的风水之术。"

我们之间的谈话到此为止。牛膝闭上双眼不再言语，一瞬之间仿佛斗转星移，小屋的影子漫过他枯瘦的身体，如同一匹寂寞的、黑色的马反复将他嚼碎、吞没，然后再反刍到日光之下。这个小院中的时间秩序已与外界迥然不同，我与胡杨时而年老、时而年轻，心灵在天真和城府中震荡摇摆，最后只得带着老幼参半的狼狈退到门外。胡杨感慨道："时间是盲目的，钟表的指针是三头蒙住眼睛拉磨的驴，一只老年、一只中年，一只还在幼年，它们自以为在一条决定性的旅程中不断前进，其实只是在兜圈子。"

按照牛膝的一些似是而非的指示或者预言，胡杨带我前往岳普湖寻访一位"秘辛收藏者"，据说他的意识完全由秘密构成，反而无法容纳别人习以为常的事情。他被描述为一个与众不同，却从不被注意的人，他向所有人宣讲秘密，直至人们不再好奇、不再采信，从而得以保守秘密。就这些特征来看，他极有可能是外人眼中的疯子或说谎成性的人。岳普湖西面正住着这样一个女疯子，她赤着脚在布满碎石子的路上行走，冲人吐痰、吓唬小孩，在树林里生火烤死麻雀。她的头发上沾满泥土、树叶，甚至钻出两条蚯蚓，身上更散发出一股粪便的臭味。我跟胡杨不得不站得离她远一些。一看到我们她就兴奋起来，仿佛在急切地倾诉什么，然而舌疾使得她只能发出两三个音节，从头到尾只有啊呜唔呀的喊叫声。我和胡杨在她扑过来之前就远远地逃开了。直到躲回到车里，胡杨才问我："我们这算什么？"我只好耸耸肩膀回答她："不知道。也许我们太愚蠢，所以被玩弄了。也许每一个疯子或者哑巴都被迫守护着一些他们无法表达的秘密。"

归途之中，车外的风沙好似一场表演。一位隐形的舞者从一百万匹黄纱叠成的沙地里扯出一角，缠裹腰身，她神经质的舞蹈，以沿途的荒原杂草为舞台与道具，在十公里车程中灌注了一种喜怒无常的戏剧性。这一边，她雄健道劲，将黄色的沙浪掀到十米高空，像摆弄一大张巨幅绢纸，折叠、拧转、将之揉作一团；到另一边，她已气喘吁吁，似乎有几千只壶嘴从地面以下向上喷吐着蒸气。我们坐在车内，有时像是与一大群浩荡的蜂群擦身而过，有时却又像遭遇一支军队，被无数细小的黄色子弹迎头痛击。

在这个下午的迷梦掩映下，记忆以同样的迅猛之势扑向隔开现实与梦境的窗户，过去几十年的生命化作点阵的形式，将我的现在与将来射得千疮百孔。像车外的风沙一样，重要的不是那些有形的颗粒，力量集中在那些空隙里，在那些将断未断的联系中，正因这些线索的粘连和这种张力的牵扯，我必须接受自己有一个童年，像接受了一个身材矮小、尚未开化的远古祖先。唉，有那么多的过去压缩在现在这一瞬当中，而未来从没真正存在过，我们的生命除了回忆还有什么呢？这一生命的弦理论赋予我与奥坎·古乃利一种必然性，似乎我们之间的关系比亲生骨肉更加不可替代、不可拒绝。我感到在有生之年，必须与他见一面，同时也认为我们必定能够相见。

一回到土耳其，我就开始寻找这位神秘的小说家，然而一切并不顺利，一些原本能起作用的线索现在都已过期失效。在二十世纪九十年代的安纳托利亚，内战与民族仇恨不再只有一点苗头，国家经济濒临崩溃，有关抢劫、枪杀的新闻长期占据报纸头版，失业与政治斗争是人们的主要话题，而一个无名作家的失踪，不可能引起关注，更不足以唤起一种科幻式的联想。只有一位女性插画师始终记挂着他（恕我不便透露她的姓名），就像怀揣着一项秘密的使命。一位曾在《靼靻》担任编辑的先生为我抄写了她的地址，和我一样，尽管希望渺茫，她仍不止一次地拜托他留意奥坎·古乃利的下落。

年轻时，她曾与古乃利短暂相爱，为他怀孕，又因他的失踪而不得不流产。

当我们可以像朋友一样交谈，我做了一个滑稽得足以排除恶意的鬼脸，试探性地询问她，他的不辞而别，是否可能，其实是因生活窘迫而投海自尽。她的态度出奇的认真和坚决，她说他也许是一个痛苦的天才，一点小事就足以让他心如刀绞、涕泗横流，但在绝望方面，他却缺乏天分——并非顽强，而是出于一种绝对的惰性——因此不可能厌世轻生。她拿出为他的小说《秘密的决斗》创作的插画——由于版面安排方面的原因，最终没能随文章一同刊登。一幅蚀刻版画，线条细腻得如同处女皮肤的纹理，或许只有找到一个熟睡中的婴儿，摘下他的一根睫毛，才能雕刻这样的雕版。

画面上有三排三列共九个同样大小的方格，每个格子里各有一件东西，分别是一颗飞行的子弹、一尊沙漏、一个灰烬般的人影、刀一样的书或者书一样的刀（封面和每一页边缘都有锋利的刃口）、一座方形迷宫或一张网（其中错综复杂的路径，如同用角尺画出的一团乱麻）、一头骆驼（在黑白两色的插画中，它被描绘为前一半是浅色，后一半是深色）、一只眼睛和一颗裸露的眼球（眼睛长着鱼鳍与鱼尾，眼球镶嵌在一枚戒指上）、一只沉默的罐子（只是一个玩笑。在这个罐子的

画面上有三排三列共九个同样大小的方格……

顶部，应该开口之处却涂着和罐身一样的黑色），最后是一种奇怪的动物，它直立行走，头部也与人类相似，但面容半黑半白，在白脸的那半边，头发与胡子都是黑色的，相应的，在黑脸那一半却是白发白须。在一对强壮的上肢前端各生有四趾，不同之处在于左边是四只利爪，右边却是四个小小的圆球，它似乎正在认真地抚弄自己的胸口，像在弹拨或者敲击某种乐器——在它的胸部，细长的肋骨生在柔软的肌肉和体毛之外。这种野兽的双足扁平而且宽大，和身高不成比例，它的尾巴是奇特的螺旋形，好像在消瘦的臀部底下接上了一枚裹着毛的钻头，以及一种随时遁地而走的可能。这幅画作触动了我，给我一种非解释性的启迪，仿佛证实了某个我看不清楚的结论，这个结论如同死亡，尚未得出但千真万确。它像一支箭射向远方，等待我主动走近它，将自己的心脏奉献给它。

　　我想知道她的构思从何而来，她却摇摇头，告诉我说这都是奥坎·古乃利的意思，她只是照做。我反复翻阅《秘密的决斗》，想从中找到一些相关的描写或者暗示，但完全没有，甚至想从符号学或潜意识层面进行解读也是徒劳。我辗转来到伊兹密尔，花费大量的时间走访了当地所有姓古乃利的家庭，想发掘更多、更直接地与作家相关的社会关系，结果令人失望。或许他来自外地，或许他并未使用原名发表作品，或许两者皆有。有效的行动力在最初的两年就被完全耗尽，只剩下一种情感的渴望从未停止，像一个空转的轮胎。奥坎·古乃利这个名字，如同摆在干旱致死者眼前的一只永远够不到的苹果。

六年前的秋季，我被夜复一夜的噩梦折磨得疲惫不堪，于是决定前往法国波尔多度假。既是一次逃离，也寄希望于一种陌生的安慰能使我重新振作，再次投入这一疯狂的探求之中。在空旷的机场候机区，一个盲人坐在我的身后，与我背靠背。午后的阳光透过落地窗照在他的脸上，仿佛给予他紧闭的双眼一种额外的视力，一种对阴影的感应。借着我的一个同情和礼貌的问候，他跟我攀谈起来。

"人们认为盲人的眼前空无一物，事实正好相反，盲人眼中装着最大的一块黑暗。人们认为黑暗就是一片死寂，这又是一个荒谬的误解，世间的一切不但没有在黑暗中消逝，而恰恰是因为浓度过高以至视力无法穿透。在光谱之中，只有'黑'不能被归于一种色彩，它是一个巨大的剧场，缺席了所有的角色，却囊括了一切剧情，是所有特殊性被集结一处之后的衰变，是最后的普遍性。为了吞食这块黑色的糕点，我选择将视力由对外转而向内。"

坦白讲，对于他的高论我有些不以为然，即使在登机之后发觉他又一次坐在我的邻座，也并没有使我联想到命运的指引。我转过头去对着舷窗，大大小小的岛屿——其质地无论岩石、沙砾或泥土——形象都是苍白和脆弱的，它们的格局与人的内脏相像，似乎受到海生软体动物的感染，都有一种功能性的柔软和近似贫血的病态。在上升的过程中，地面的一切都在急剧地收缩，从实物到模型，从立体到平面，再演变为斑点、色块，直至最后被淹没在浮云深处。

"在盲人灰白的瞳孔中，有三样东西：黑夜、诗歌与秘密。我们只聊过第一种。"似乎为了躲避我的轻蔑，他靠在椅背上，好像藏身在某个角落里对我说话。可笑的是我竟然闭上眼睛，在一个看不见我的人面前装睡，好像在尚不自知之时，被植入了某种有关他的迷信。发觉这一点以后，我反倒对他好奇起来。沉默了两分钟以后，我不无恭维地接着他的话说下去："听说盲人的触觉格外的灵敏，凭借两只手就能探知万物的形象，所以你虽然失去了两只眼睛，却又额外获得了十只眼睛。正因看不到那些显而易见的东西，所以你能够看到并理解那些隐秘的、不为人知的事物。"他说他的身体里塞满了梦的尸首，或者说梦的标本。梦是一种坚如磐石的金属生命，只因质地过于轻薄，才被理解为一种易逝之物。每个早晨，阳光插进瞳仁中最黑的部分，剪断了梦的脐带，于是它便从醒来的人身上逸出，在两米高的空中四处浮游。

"美梦是圆形的，噩梦是三角形的，人们每一天都被梦抚慰、刺伤。而我的身上却挂满了风干的梦，像一棵枯死的老梨树身上结满了蔫掉的果实。也可能我本人就是一个失去了内容的、空洞的梦。""天空，对于我，是一大片时而平滑时而颠簸的阴影，"他说，"对你却是铺满了光的幻觉。在青天白日下你能找到什么？秘密在影子里，在梦里……在理智无法到达之处。"

在巴黎戴高乐机场，一个瘦瘦高高的法国人来接他，他们用我无法理解的法语交谈。分手前，他递给我一张名片，我从中得知他是一名精神病医生。"不要相信写在纸上的身份，"最后，他微笑着说，"我不是医生，因为精神病人并不存在，没有一种精神表现可以确认是病态的。"

这次奇遇给予我的提示作用，对我的理智而言是致命的，其中隐含的众多机关此后逐步被触发，令我的失忆、惶惑和着魔般的执着，具有一种探戈舞曲的节奏：坚决地、崩塌似地迸发，在最意想不到的时刻，又突然急促地转身。回国之后，又经过半年，我才第一次想到要去拜访他。按照名片上的地址，在一个起雾的上午，站在安卡拉一所精神病医院淋满鸽子粪的大门前。直到那时，对于自己的行为，我仍然感到羞愧和难以解释，只是判断力已被焦虑所瓦解，让我无法否决那越过门槛的下一步。我没有见到他。这家医院没有盲人医生，却曾经有一位瞎眼的病人，用一种高明得至今未被破获的方式从中逃脱了。

过去我从未进出任何一所监狱或疯人院，在这种以囚禁而非治愈为目的的场所，出奇地，却有一种与教堂相仿的伪道德感。被神圣化，或被妖魔化的纯白色与斑马纹，理性和非理性，为天堂和地狱找到了各自的辩词。

从那以后，我开始走访土耳其各地的精神病医院——在奥坎·古乃利和那位盲人之间存在着某些共同点，一定不是长相，我从未见过古乃利，但却觉得他们如此相像。仿佛因这一错觉而遭天惩，在这期间，我的视力开始衰退。起初只在眼前出现浮游生物似的光斑，后来它们便像深海中微弱的萤火，长大、繁殖，铺满每一个角落，直至最终黑暗如回涌的潮水，重新接管了整个视域。

2009 年春天，我在弥漫于街头巷尾的郁金香气味中彻底失明。除了给生活造成不便、给情绪带来波动以外，其最重大的后果是使我的五感从此失衡。一种新的秩序亟须被重建，在触觉和听觉之间，我必须分出主次、做出任命。在不知不觉间，我将它们人格化和棋局化了，在它们分出胜负或达成协议以前，我便处于一种断续的，比睡与醒的交替更加快速的，时间割据的状态中。但首先为奥坎·古乃利建档存底的却是嗅觉。那个将自己，以及所有世人称作"你"的作家，与这种非本位主义，对己对人一视同仁的官能之间的渊源，出自他的画家情妇对我描述的一个细节：在他的狐臭中，有腐烂的蓖麻叶、酸奶酪、苹果酒、雏鸟的粪便、吸饱血的蚂蟥、被风干后的蜥蜴等十一种气味。

仿佛经过了一个完整的循环，在遍寻无果之后，我几乎是无意识地重返安卡拉的街头。那是一个无风的早晨，阳光晒热了我左手的手背，我由此得知自己面朝南方。一股带有强大的符号意义的气味，令我的鼻翼不住地翕动起来。奥坎·古乃利对于当时的我来说，等同于那部尚未知其名的著作，我用嗅觉阅读《山魈考》，在失效的视网膜上拼凑一张我从未见过的脸，它被一丛浓厚的、金黄色的腋毛盖得严严实实。接着，我们便撞在一起。两个盲人，在一所精神病医院的黑色铁门前，因为各自的失神惊恐不已，挥舞着手杖，让它们像两把利剑在半空中错落交击。紧跟着，在突然的静默之后，爆发出歇斯底里的大笑，奥坎·古乃利不知何时已准确地找到我的位置，拍着我的肩膀说："这种相遇的方式，我曾经无数次地设想过，直到现在，才第一次成为现实。"那个片刻，我觉得自己几乎可以看见谜底，几乎可以看见他嘴里的玻璃牙齿，像一排词语的橱窗，展示着所有跳动闪烁的、颗粒状的内容。顾不得是否唐突，我直接向他询问："你就是奥坎·古乃利吗？你写过一篇小说叫作《秘密的决斗》，对吗？它改变了我的人生。"一阵绵长的沉默，他像一株思想的树，像一个血肉凝结的幻觉，最后他再一次笑了。"你好，读者。"他说。你好，读者。这是一位作者能够轻松地、毫无顾忌地说出的唯一一句话，或许也是唯一一句没有被他说错的话。

　　自那之后，我和古乃利结伴在土耳其的土地上漫游，路线似乎是完全任意的，但又好像暗示着一些特定的目的。两个盲目的堂吉诃德更容易与神话狭路相逢，在黑色的帷幕里，能够容纳最不可思议的奇遇、密谋和打斗。他跟我解释了他的小说，说明了故事的来源，澄清了几个疑难之处。从他那里，我听到了《山魈考》的部分内容和一些有关这本书的轶事，他将装订了羊皮纸封面的手稿递交到我的手里，像一个仪式，让我在摩挲纸页时，将那些玄奥的文字存进指纹里，将秘密的脉络埋藏在肉体的二维条码之中。正如他一定曾经做过的一般。然而，几个月之后，我们两人却遭到了抓捕与禁锢。当时我正与他探讨工具的重要性——有关兔唇是否可以言说真理的问题。人们悄然而至，将我们扑倒在地。后来有一位法官或者精神病医生向我做了说明[1]，他

---

[1]　小说家赫伯特·乔治·威尔斯在小说《盲人国》中描述了一个隐藏于安第斯山脉之中的盲人之国，其意在明示某种特别突出的群体特质所必定具有的排他性，也暗示了当权力发生出人意料的倒转时，位居强势的弱者既荒谬又恐怖的反扑。当然，这个故事和维塞·伊马斯教授的经历完全是两回事。根据教授的自述，他置身其中的不仅仅是一个盲人国，也是一个疯人国，或曰愚人国。米歇尔·福柯在《古典时代疯狂史》中简要梳理了欧洲古典文学中的愚人形象，从布兰特的《愚人船》到伊拉斯谟的《愚人颂》，还包括伟大的塞万提斯和他那位"奇想联翩"的堂吉诃德（在这里，我们不提福柯的本意，因为我们预感到自己将违背他的本意）。如果我们越过其"古典时代"的限定，自行沿着这条"愚人之路"一直前进，则我们还必须提及契诃夫的杰作《第六病室》，甚或也要在这一族谱中给二十世纪七十年代才出版的后现代小说《愚人学校》留出一个位置。在所有这些叙事作品中，包括那些逗人发笑的滑稽小品（比如阿凡提或游侠纳斯列金的故事），愚人的形象都常常发生倒转，成为在道德上或智力上更优越的一方。这或许说明，人们在总体上对所处社会的理性能力和道德能力缺乏信心。当然，他们总是会将自己排除在普遍的盲目和普遍的罪恶之外，尽管他们明白这种盲目和罪恶的最大特征就是不自知。但这并不是我们所关注的问题，我们关注的是倒转本身，仅仅关注这个动作。如果将愚人视为理智方面的失明者，则反过来，盲人也可被看作视力方面的愚人。正如愚人可能更加聪明，盲人也可能看到某些常人看不到或视而不见的东西，

告诉我："有人一直在观察你，你总在自言自语，以两种声音对话，用两个名字相互称谓。"

"不，不，我不明白。"我摇着头说。"不，不，你不明白。"古乃利也摇着头说。"你不必重复同一句话，也许你在耍把戏，在做腹语表演。但不必！重复！同一句话！"那位身份不明的裁决者用冷漠的、不近人情的口气制止我继续说下去。他从关押我的房间转身离开，用力地关上门。从那时起，古乃利便失踪了，他在另一个人离去的脚步声里消失了。

之后的日子里，作为一个行动不便又缺乏勇武精神的人，我表现得十分顺从。我的生活由一串铃声标识的时刻连缀而成，长铃、短铃、大铃、小铃、电铃或是手摇铃，我按照铃声的提示睡觉、洗漱，从药片到涂抹了蜂蜜和大蒜的死老鼠，吃掉他们给我吃的每样东西，等待那位坏脾气的先生和我的例行谈话。话题由他指定，时而严肃，时而荒谬。有时只是闲谈些报纸上刊登的或者来自道听途说的时事趣闻；有时他会要求我跟他讲讲

---

甚至可能包括那些"极难捕捉"的真相。所以，人的眼睛和头脑均是沙漏的拟态，倒转随时可能在其中发生。维塞·伊马斯教授的遭遇不难解释：既然每个人的所看所想，就是他的全部世界，则必有一刻，这个世界将在临界状态的最后一缕细流漏尽之后，彻底颠倒过来。

童年的恶作剧；有时只不过让我尽量回顾昨夜的梦境；有时却会要求我回答一些根本无法回答的古怪问题，诸如彩虹在听觉上应属一种语言或是一种音乐，七种颜色分别对应七个字母还是七个音符。每当这种时候，如果我拒绝回答，他便暴跳如雷，如果我勉强作答，就只会遭到恶毒的嘲讽。有一位杂役每两天出现一次，为我打扫房间，他是一个结巴，拥有一个二十五岁男性的嗓音。两位女护士轮流照看我，其中一个年轻一些，另一个显然已是风烛残年。所谓的照看其实只是监督我、催促我、责备我，间或递来一条湿毛巾或一杯水，让我吃药或自己把脸抹干净。除了他们以外，不远处常常传来一只成年公狗的吠叫声，我猜它应该被拴在一墙之隔的院子里，发情期的阵阵嘶吼唤来了一只母狗，它两次越过围墙，来到我的窗下享受云雨之欢。

　　我不敢肯定有多长时间，也许好几个月过去了。一天，医生向我提起了奥坎·古乃利，他再次向我强调他并不存在，仅仅只是我的臆想，而且命令我必须心悦诚服地表示自己已然了悟，并完全确信这一点。但那一刻我正处在疲惫当中，无力继续违心讲话。我请他原谅，并告诉他，对我来说否定古乃利的存在并非难事，因为我是一个瞎子，本就从未亲眼见过他，但倘若我确实这样做了，那同样的，我也可以假定其他人为虚妄的幻觉，包括我尊敬的医生先生在内。接下来，突然变得异乎寻常的安静，甚至连走廊里的脚步声和隔壁病人的打鼾声都同时止住了。许久之后，我又一次听到了奥坎·古乃利爽朗的笑声。"亲爱的读者啊，"他说，"你在一片黑暗中找到了你，找到了一切。现在时机已到，你应该再将一切交还黑暗。"

我向他伸出手，但没有触到他，起身向前走，却发现在我前进的途中没有任何阻隔。没有墙，没有那道被摔得砰砰响的门，当我带着疑惑折返之时，又失去了那张自己在片刻前还半坐半卧在上面的床。我选择了一个方向，在一片死寂之中笔直前进，不再使用手杖，不再试探，不再计较下一步的后果，几乎是抱着一种坠落的心态走下去。我走了那么久，以至于前半程还是壮年，后半程却老迈不堪。我没有踩进任何一个陷阱，没有掉进壕沟，也没有被石子绊倒，世界对于我的双足，如同一个绝对平滑的曲面。我在途经的第一个城镇停下来，我甚至没有打听它的名字，只是在这里短暂驻留，请一名书记员记录以上这些由我口述的文字，连同得自古乃利的一沓文稿一起寄往中国新疆。然后我将继续前行，直到走出这游戏的边界，走出轮回的莫比乌斯环，走进夜的瞳孔，被黑色的舌头裹挟、吮吸，最后融化。无论我走哪个方向，采取怎样的步调，终点都已注定：一座机场的候机大厅——在我到达之时，它将化为一个巨鸟的巢穴，铺满恶臭的粪便和森森白骨。

维塞·伊马斯

时间不详、地点不详

# 《秘密的决斗》摘录与评注

## （又名"被死亡批阅的第 10011 个幻想故事"）

伊马斯教授曾以或口头，或书面的形式，多次向我提及小说《秘密的决斗》与其神秘的作者奥坎·古乃利。他疑心这部作品的部分甚或全部都源出于《山魈考》。可惜在得到《山魈考》土耳其语手稿的时候，他已完全失明，无法亲身证实。这位可敬的长者始终令我由衷地信服，尽管在后来的书信中他似乎处在一种精神上失血过多的状态，以至于任由谵妄与幻觉伴随着书写浸透了纸张。因此两年前，在翻译《山魈考》的初期，我便委托我的一位可靠的土耳其友人搜寻与之有关的线索，他也向我承诺必将尽力而为。然而结果却令人失望，不但未能找到小说全文，连那本名叫《鞑靼》的杂志也像一座失踪的岛屿，被淹没在时间的海平面之下。数月之后，我的朋友来电答复我，他查阅了所有公开的资料，到访了土耳其几个最大的、历史最为悠久的图书馆，却并未发现这份刊物的任何一期。单就刊名来说，比较接近的是一本叫作《匈奴人》的艺评杂志，但只出过两期便夭折了，其中也并无《秘密的决斗》一文，而伊马斯教授在笔记中提到的阿塞夫·沙里亚蒂与贾马尔·巴亚特，虽确有其人，但著述寥寥，在可供查阅的文献中也找不到曾被教授引用的相关评论。究竟是维塞·伊马斯教授本人的记忆有误，或是某种强大到足以抹杀存在的力量使然，我没有答案。

这部只有第二人称的小说，如同从纸内伸出的一根手指，毫无怜悯，但也绝无偏颇地戳向读者的额头。在伊马斯教授与噩梦的角逐中，其所起到的杠杆作用不容忽视，可以说正是它撬动了他的全部现实。所以我想，将我所掌握的一切与它有关的资料和盘托出是有必要的。这些资料统共由三个层次构成：伊马斯教授在笔记中的摘抄与注解，在私人交流中他曾向我提及的一些观点，以及我个人的见解。在这里，我将之熔于一炉。其中的第三项，因其贡献者的才智所限，恐怕是粗疏的、可笑的。这个偏狭的中介虽不得不厚颜权充里手，但读者们啊，须知若是你们在评注中发现任何牵强之处、错漏之处，一定是出自我那昏蒙的头脑，而这也是在所难免的。

《秘密的决斗》分上下两部。

上部描绘了一幅较为抽象的世界图景，是物质的亦是精神的，是主观的亦是客观的，像一个巨大的躯体，从其中的最大单位到最小单位均体现出一些同质同构的特征。抛却量级上的相对概念，它们可以彼此取代。正如道家所言：至大无外，至小无内。在这个世界里并无内外之分，物与灵被一种未被命名的神性所贯通。

下部则记录了一场人、兽、神、怪共同参与的战斗，交战双方是两个无特征的"你"，仅以他们手中掌管的一把乐器和一柄利刃予以区分。我将之理解为舌与笔、读与写、语言和文字的象征。依据现有的摘录部分，做如此假设似无明显不妥。

下文将依教授笔记中的格式，在摘录段落前标记该段文字在《秘密的决斗》中的位置，如"上1.1"即为上部第一章的第一段。不再另作说明。

胡杨

2012 年 2 月

## 引言

曾有一个时代，
上下不明，无天无地，像

一只封口的罐子。

无法裁定灵魂

应从哪里进出，

无法区分口唇与肛门。

那是，你的时代。

注：原文称此节诗句引自"《贝录经》第二节题诗"，但未有进一步的说明。对于"贝录"一词，可做两种解释：其一为小说中所述的神秘乐器，其二亦可解为"录于贝壳之上"。

## 上 1.1

被命名为"人"的存在，是三种生命的编织物——第一种是菌类，在每个视觉捕捉不到的瞬间，都要经历八百次死亡；第二种是植物，其根如坚冰，茎却似纤细的流动之火，相生相克、互毁互荣；第三种是动物，其手足在世界的另外一端奔走，永远无法与自身相遇——因此它可层析、可拆解、可以被一面洞悉世情的棱镜去骨剥皮，被还原为喜怒哀乐与直立行走的现象三部曲。你，在第二乐章的伴奏下，不偏不倚，走在居中的路上。在路的尽头，兹容河像一条浸泡在雨水中的轻纱。在地理层面，它虽无比稀薄，却恰居天水与黄泉之间，充当情欲和性爱的源流。

　　注：《秘密的决斗》虽为小说，却从第一个字开始就向神话甚至经文靠近，因已不可拾其全貌，尚无法判定这是文本的一次雀跃或失足。从批评的角度，略显遗憾的是，仅有一位神话学及古文字注疏专家曾留意过这部作品。安卡拉大学的经学权威阿塞夫·沙里亚蒂教授在一篇有关伪经考辨的论文中，曾有如下解说："一个不知名的作家写下一部不知名的作品，在当代，为虚假经典的传世做出注解。小说虽有意模拟某些原始思维的特征，但仍难以遮掩现代思想的刻痕。"他分析道，"人的三种成分或曰三种层次，既与我你他三个人称对应，又分别指涉细胞（自我）、性（对象）——即阳具，某些远古智慧视雌性为无性——与运动（他者）。这一'三三对仗'中并未包含可见肌体的主要结构，盖因其对神性的追溯，将'人'仅视为空间与法则，即精神或生命的属灵部分。"

　　在沙里亚蒂教授的基础之上，维塞·伊马斯教授提出"兹容河"应指精液，小说中以其不息的流动象征死后生前魂灵由性器向子宫行进的漫游状态。但与沙里亚蒂不同的是，他推测小说并非仿写经典，而是录自经典："似于一套完整的神话系统中折一枝蔓，以某种异教的创世理论为基底改写而成。"他断言作者既非宗教人士，作品也未自承经源，实在没有任何依据可佐证沙里亚蒂教授的推测。事实极有可能正好相反：奥坎·古乃利从某个神秘传统，或某个古代文本中采集了所有的，至少是大部分的创作材料，并且不可避免地将其安置在现代语境当中。

## 上 1.8

你和你，头颅左右生有一对翅膀，各自覆盖一个小小的旋涡，两个风口，吞吐肋骨般错落有致的黑影，那是一些没有重量的黑色建筑，有中式飞檐、哥特尖顶和巴洛克式的纹饰，彼此模仿却又个个独创。你和你，摘下各自的双眼，抛向最远处。沿着球体的边缘循环运行，四只眼睛，以纵横交错呈十字的两大圆弧为轨迹，在东南西北四个极点两两相撞、转向，黯淡的目光从瞳孔中流泻而下，像黑色的魔法蛋清，浇灌生命的反面：死亡。因此，若世上须有四季，有生命，便必有夜晚所规定的死寂一片①。

---

① 在古代波斯诗人阿塔尔的长诗《曼提克·塔尔》(意即"鸟

注：此段落确切地表现出一种典型的巨人思维，但绝非某类史前的自然力崇拜，而是将人的感官变形与巨大化，从而实现对局部的个体经验的宇宙化、神灵化。

伊马斯教授似乎对"插翅的旋涡"这一意象格外着迷，他曾援引《鞑靼》杂志同期刊载的简评与他的好友——英国神秘主义诗人阿里·科尔曼的诗句，尝试对之做出美感十足的诠释与合情合理的假设。"旋涡即一种不断向内的、带有矢量特征的洞穴。作为物，其特征是变动不居，而作为一种运动，它却又无比的稳定，无始无终、永世长存，如同一杆芝诺之箭在靶前旋转、搅动不休。"

维塞·伊马斯认为，这种是物亦非物的双重性同样也适于描述人的感官，尤其适于表现其实体的有限性和作用范围的无限性，乃研究身体与精神关系的最佳范例。他特别提及，耳朵是灵魂最依仗的器官，因为思想与意识本就是一种内部的听觉，人在思考时从未无声地阅读自我，而是与自我进行对话。

从"……筑就整篇黑色的微观建筑／光与尘在纵

---

语"）中死亡亦被比作夜之寂静，诗人借诗中能作人言的戴胜鸟之口说："永恒的寂静解除了短暂的喧嚣，甜蜜的黑夜掩住了收拢的翅膀。"

和横的白巷中滚动……"这两句诗中得到启示，伊马斯教授欣喜地、肯定地、几乎有些忘乎所以地写道："一个值得玩味的巧合，一首英文诗歌和一个土耳其语的散文段落中使用了同一个暗喻。首先，我认为基本可以确定，两处'黑色建筑'都喻指文字——尽管听觉的旋涡所吸收的只是文字的阴影，即话语——而为人类所掌握并运用的所有文字中，仅有一种与这个意象格外贴近。以我对诗人的了解，我恰好知道在写下这些诗句之前，他刚刚获赠一帖中国清末书法家沈宁所抄写的《道德经》。如果仍嫌证据微薄，那么我想举同一首诗中的另外一例——'二维空间中的幽灵立方体／只接受思想者的俯视'，如此便可更有把握地做出推断：中国的汉字正是这种'微观建筑'和'幽灵立方体'。而在《秘密的决斗》中，这一喻体的本体极有可能与科尔曼的诗句中完全一致。除去考察其形象的相似性与合理性以外，作者也在文中埋置了提示，即这种建筑的第一个元素：'中式飞檐'，而其后的哥特、巴洛克之说，似为古乃利的潦草凑数之笔。若这一臆测为真，那么这部小说及其背后的渊源，必定与中文汉字有所关联。"

　　对于下文中星体般运行的四只眼睛，教授并未提供更多更细致的解读，只提及在众多古代文明中，太阳与月亮被视作神的双眼，至于文中为何是四颗而非两颗，他则以一句出处不明的谚语予以说明："在清晨升起的太阳和在午后下落的太阳，绝非同一个。"同样的，对于眼睛与死亡的关系，他亦抛出一句引语："死亡深藏在瞳孔之中，因此当生命流逝，视力会模糊，瞳仁将失色。"

## 上 2.5

　　第一个你，是提里克。你给了女人雪白的双乳，一只深埋着整颗星球的岩浆，一只包裹着半块天空的云雾，你用阳具吹奏生育的号角①，你使女人精于呻吟之

————————————————

① 由此句可察，《秘密的决斗》尽管有意借用某些原始粗放的词句来描写一种对于我们而言全然陌生的起源想象，但其中仅仅单向地涉及了生育问题，似乎不足以反映初民们危机四伏的生活。大地母神该亚不仅孕育生命，也毁灭生命，万物生生死死的游戏使她的肉体美丽丰腴；在根据十九世纪七十年代出土的刻字泥板整理成的古代巴比伦创世神话《埃努玛·埃利什》里，众神之母提亚玛特在生育了所有善神之后，又聚齐一班恶神，想除灭自己的子孙，以马尔杜克为首的善神们为了保住秩序井然的世界，只得杀死自己的母亲，并将其肢解为天和地。可见母亲，或者说抽象的母性具有嗜杀的一面。奇怪的是，古典时代的画家们在描绘末日的洪水时，竟没有人想到将上帝的形象表现为一名女性。在日本平安时代的民间故事集《今昔物语》中收录了一则关于母亲的奇特故事：一位慈祥的母亲嘱咐出门打猎的儿子们，要他们当心夜晚出没的鬼怪，儿子们也确

道，从声声娇喘中提炼出秘传的经文。第二个你，是难娄。你用精液淬洗火烫的利矛，将女人结实的、犄角般的双腿挑到天边，你从中开采秘密的矿石，用于锻造第二个月亮。你们共有的女人在河里，散发着新鲜羊奶的浓香与腥臊之气。那是一个趋近于绝对的定格、一个容量过大的瞬间，包含四季、世纪以及宇内众生的千次轮回。

注："提里克"与"难娄"两个名字的含义和出处，已不可考辨。在他们之间进行的是一场性的战争，导致生命的繁衍，导致某种不均衡。两人的战斗工具分别为乐器和兵刃，他们以声音和锋芒，给对手的内在和外在造成不同形式的伤口。此段落中的"女人"并非惯常所指，而是泛指生育的本能，即存在的源头，或者说——存在的绝对，其"浓香与腥臊"便是生命的本味。他们在她之上书写与熔炼，创造精神的和物质的，隐秘的和光明的两种不同的资产。

---

乎遇到了一只想要吃掉他们的鬼。可是在他们以有力的弩箭重创了那只鬼之后，却发现它的真身正是他们的母亲——母亲啊，一个悖论。男人与男人之间总是爆发战争，而女人自身就构成了一场永不止息的战争。

你们共有的女人在河里，散发着新鲜羊奶的浓香与腥臊之气……

## 下 1.4

　　你们默立于河的两岸，下一盘同世界等大的棋。在这巨幅的棋盘之上，光线与阴影描画出棋格，而你的影子在其中运动，使得棋盘本身一直处于变动之中。对于你，影子是没有纵深的洞，代表一种使人成为平面的可能。人，就如同以目光操控尾羽的孔雀。每个人都有一千道影子，当你留意到它们，它们就像一把透明的灰色扇骨，在转瞬间叠为一束，伪装成同一个。这仅剩的一个，标示着即将落子的方位。直到你倒下，平躺其上，由 1 个你变做一个你，对于你，它几乎总是不合适的。

　　注：有关"世界棋局"的想象并非独创，若须以形而上视之，也不过此岸彼岸之思而已，而棋盘不断被影子重新划定，却似暗合麦克白口中装满喧哗与骚动的阴影之喻。维塞·伊马斯教授为此感慨道："是啊，影子。那常常被忽略的，正是本质的。"一千道影子喻指生命的每一时刻为数众多的可能与选择，但最终能为人所掌握的只能是唯一的既成事实，所谓落子无悔。虽然可能过于草率，但我想提醒读者留意，人对待数目的态度史，便是一部永无尽头的欲望史，即不间断的放大史

与升级史。如今超级计算机的伟力使得数之欲和欲之数均发生核爆，几已逼近无限，只有在古代思维中，尚可将"一千"等同于至多与无数。由此似可找到伊马斯先生认为《秘密的决斗》与《山魈考》有关的部分缘由。在魈阴人看来，人不可能在正午出生，不可能在正午思考，亦不可能在正午死去，这也与此段中以影子指涉精神与意识存在的生死一体完全吻合。

## 下 1.9

可供你驱策的棋子共有四种，一种流动、一种滚动，一种飞行、另一种只能爬行。因此，你拥有四种魔鬼、四种骑士、四种箭矢、四种利刃和它们制造的十六种伤口。战鼓直接在你的耳膜上擂响，轻如一只水黾在水面行走的脚步，却振聋发聩，令你战栗不已。

注：对于段落 1.9 中连续出现"四"这个数字，伊马斯教授解说道："从前文中的棋盘之喻，便可窥见一种古老的、天圆地方的地理观，在此段中更进一步扩展为一种以'四象'为基础的矩形世界观，即世界乃至寰宇空间，由一系列大小不一、层层嵌套的方形构成，如镜中之镜，似无穷无尽，其中最大的一个便是灵（法

则 )，最小的一个则是魂（基因）。棋子的流动、滚动、飞行和爬行，既可以代表自然在地表的四种动态——河流、风沙、鸟与兽，亦可代表时间的四种形态——独处的时间、聚会的时间、快乐的时间和悲哀的时间。所谓'十六种伤口'可据此理解为时光流逝、世移事迁，在人的身上留下无法遮灭的道道刻痕。"

《秘密的决斗》所描写的那场遍布幻象般迷离残破的肢体、血腥而又缥缈的战争，在本段的末尾处，被一阵极轻又极响的战鼓所开启。鉴于自上部段落 1.8 中得到的暗示，依鄙人所见，用以形容击鼓的"水黾在水面行走的脚步"若替换为"笔尖在纸面的点划"亦无不可，而"振聋发聩"的不只是听觉上的，也是意识内的一声惊雷，施加于耳膜之上的号令与直接作用于脑际的杀伐之声无人可以分辨。因此，笔者推测《秘密的决斗》实为书写及口舌之事，似乎不能算作武断。

## 下 2.7

你用你苍白的皮肤向对岸喷射霞光般华丽的毒刺；你让你的舌头开花，生长出遍布荆棘的藤蔓，伸进所有敌军的耳朵，挖空对方的头颅。四手三口的魔神怀抱贝录，演奏如洪水猛兽的灭绝之曲。四道琴声化为一把神剑、一张巨弓、一只巨轮、一根神杖，砍掉敌人的头颅、洞穿敌人的心脏、碾过敌人的身体、捣碎敌人的骨头；三股笛音绞作一条昂首吐信的狰狞巨蛇，用血盆大口吞噬一切生有翅膀、因而在天上飞行的，用铁一样坚硬的尾巴横扫一切生有腿脚、因而在地面走动的。另有一位独臂魔神，以储于腕中的十头白象、十头黑象、十头黑牛、十头白牛的擎天巨力挥舞异泥，从覆灭万物的飓风中幻化出一只三眼猛虎，虎目扫视原野，点燃熊熊火海[①]；嗜血的虎齿如雨点般溅落在敌人的头脸之上，在咒骂与惨叫的伴奏中撕碎每一具包裹着铠甲的健壮肉体。如此，死亡像一个筛子让你分离，将你重构；你成为一个完满的生命，你则成为一具完全的尸体。

注：管窥全豹只是一个笑话，以局部推演整体无疑

---

[①] 眼睛喷火的神怪形象在各个神话系统中应该都并不稀见，其中最为著名的莫过于印度神话中的湿婆大神。伟大的古代印度诗人迦梨陀娑在长诗《鸠摩罗出世》中写到爱神受因陀罗等诸神所托，想要用他的花箭（亦称"无箭之箭"）射中正修苦行的湿婆，以撮合他与喜马拉雅山神之女乌玛。结果大神在嗔怒中睁开他威力无比的第三只眼，将爱神烧成灰烬："修苦行的精灵之主迅疾毁灭苦行之障碍，犹如雷杵击毁树木。"所以，爱确曾存在过，但此后却只剩下一个被虚无蛀空的、失重悬浮的词语。相形之下，曾戏弄过阿波罗的丘比特实在幸运得多了。

是僭妄之举，但仍可断言本段在《秘密的决斗》中必然处于中心地位，因其所描写的恰恰是决斗的现场。略显遗憾的是，伊马斯教授对此却批注甚少，不过"酷似东方神话"六字而已，耐人寻味的言外之意如一支庞大的伏兵，悄然隐没、伺机而动。他们在灌木下屈身、在草丛里匍匐、在河水中潜游，经由我狭隘的学识之路，径直前往古老的印度。笔者私下以为，"生花之舌"与印度天神毗湿奴肚脐中绽放的白莲似有渊源，而执掌贝录和异泥的两位魔神，以及剑弓轮杖、巨蛇猛虎等一干形状，在分割拆解之后，将碎片重新拼合，即可拾得司职毁灭的湿婆神身上诸般威严恐怖之相。

若以"另有一位独臂魔神"云云为界将本段分为两部分，则可看出一种传统的，甚至死板的对于对称的偏好。除对贝录与异泥两件神物（或魔物）的描写基本对称以外，上一部分中琴声化身为四种凶器，形成"神巨巨神"的对称，下一部分中手腕生发出四兽之力，又形成"白黑黑白"的对称。这一对称甚至统摄全文，本段不过在形式上集中呈现而已。究其用意，应是对摘录部分中多次以象征形式出现的读写关系的思考与反映，亦与《山魈考》中的 11 或人与影的对照有隐约的呼应。当然，是否仅仅只是巧合，尚不能妄下结论。

自第一句起始，隐喻便扑面而来。作者在一张纸上写字，将之改造为一块"喷射毒刺的皮肤"，既能伤眼也能伤心。接下来，"舌头"通过"耳朵"挖空"头颅"的血腥暗示，则指涉阅读行为——口、耳、脑三者的协作，其中口与耳的发声与听取也可能仅仅由脑进行模拟。作者以文字的琴与瑟贯通读者的孔与腔，将其抬起，横置膝上，弹拨吹打，不亦乐乎，以希声之大音响彻读者的五脏六腑。然而作者的优势不过得自时间而已，待其先机尽失，读者便通过其不求甚解与刚愎自用，通过其无辜与冷漠，以误解、篡改和遗忘实现致命的反扑。这两个出窍的灵魂飘于半空，彼此厮杀，在极度的喧嚷过后，又如尘埃般悄然落定。文中虽未挑明，但孰胜孰负早已不言而喻，作者之死在其落笔之始已被提前宣告。捧在读者手中的纸质六面体，正是其棺椁，只需双手一合即为其盖棺定论。"你和你"，一个以读求生，一个以写赴死，也算各得其所。

## 下 2.9

　　一根滴淌着黑血的长矛贯穿你的胸膛，三个黑衣美女在雪亮的矛尖上跳舞，中间的一位面对你，并终于走向你，用燃着磷火的乳头擦拭你面颊上的泪珠，用发霉的鲜血和生锈的奶水滋润你焦渴的嘴唇。

注：长矛与笔的形似亦可佐证段落下 2.7 注文中有关"作者之死"的诠释，至于"黑衣美女"也可理解为典型的死神形象之一。粉嫩的乳头与碧绿的磷火构成了一组奇特的意象，从外形来看，乳房与坟头十分神似，点缀着点点磷火的乳峰，既喻指坟墓本身，也令人联想到祭坛上的烛台。在本段的尾句中，"发霉"与"生锈"均为自然衰微之表征，"鲜血"与"奶水"则是生命之河的两股流水，以之润唇，正应和了伊马斯教授的两行诗句："死到临头 / 莫若开怀畅饮"。

## 下 2.12

两个你，你是提里克，你是难娄，你不是提里克，你不是难娄，你的血脉捆紧你的灵魂。故事的主角只有一个，你和你，你们两人各占一半可能。因此在故事所要求的这场决斗中，你们必须分出胜负、决出生死。你和你应该相互敬重，忠实于彼此给予对方的灾难，应该抓住机会，借对方洗刷活着带给你们的耻辱。而最终你和你，你们两人将会走出这个故事，在故事以外，一个扮演作者，一个扮演读者。

注：关于《秘密的决斗》中的人称问题，评论家贾

马尔·巴亚特先生曾经做出一段语焉不详，但又出奇地具有说服力的解读："对于一部只有'你'的小说，无论作者或读者，在其中均无立足之地。然而在字词的秩序之外，被观望和被讲述的你，却必然地将目光与喉舌托付给一个纯然的我（此我之纯，与通常语义有别。'纯我'是非主体性的我，更别除了意识的多重性和无序性，亦可称'无我之我'或'元我'），作为一面失效的镜子，作为一个被排空，因而得以彻底的立场与之相对。你与你、我与我，你与我、我与你在话语和文句之间，在看和听中举棋不定、闪烁不停，达成一种秘密的、长效的共谋与对视。真正被剥夺的，那个从一开始就被判决永久离场的，只有第三者——'他'而已。"

伊马斯教授虽抄录了巴亚特的这段评论，但对此只有一句更加似是而非的批注："'你'搬走了椅子，不许'我'端坐；'你'甚至，抽走了地面，不许'我'站立。但'我'仍在。在'你'面前，悬于半空。"

# 最后一位魅阴人口述家族史

编者按：对于标题中的"最后"一词，虽自知不妥，但只因当事人一再要求隐去其姓名，我便自作主张，宁愿这一代称更加耸人听闻一些。不过，从时间的循环意义来讲，圆上任何一点俱可称"最初"或"最后"，我权作抛出一枚硬币，自二者中择其一而已。若是非要交出一个理由，也许因为疲惫已是我的常性，它令我偏好终结而非开端，偏好停驻而非起航。

　　　　　　　　　　　　　　　　——奥坎·阿伊德


　　人的困境，在很大程度上是由于无法回溯其生命所造成的，或者说，由于其回溯生命的工具，即记忆本身，存在重大的缺陷。所幸，我的讲述无须从自己的记忆出发，而是跃至我的纪元尚未开始之前，投入那片茫茫大雾之中。那是我的史前时期，越过岁月的深谷，借由一条基因之链决定了我全部的历史。我无法以炯炯的目光照亮身后那条漫长的道路，但那个即将宣布"要有光"的人早早地便已把守在路的尽头。

　　我的玄祖母与她的男人因为一条蛇而结合。被同一条毒蛇咬伤的人，遑论性别年龄，有何等关系，均须在彼此为对方吸净毒血之后共度春宵，这是魃阴人最古老的习俗之一。蛇即代表某种天命所归的肉体契约。这位老祖宗只有四十重①，恰逢其时，她被勒令跨坐在一个九十重的壮年男人身上，被他刺穿，跌倒、昏迷在血泊之中。自那夜起始，在那条终将如捏造般、如涂鸦般生就我的血脉中便传承了那迷梦，抹上了那旖旎，沾染了那阴湿，感应了那疼痛，并携带了挥不去的血腥气。

　　对不起。对我而言，要避免过度抒情几乎不可能，这也是出自血统的一种硬性规定。

　　四重以后，那位少女产下一个男婴，黝黑的皮肤使他看起来像一道小小的影子。魃阴人以肤论人，黄者为人，白者为煞，黑者为鬼。这只新生的小鬼并未得到族

----

① 　一重为一百二十一日，这少女失身之时不过只有十三岁，而她的男人却已年近三十。魃阴人既然能将毒蛇视为红线（显然，要保证族群存续，这绝非是唯一一种联姻的方式），那么可想而知，在天意的戏弄之下，比这一对更为悬殊的情侣也大有人在。我们不禁要问，在魃阴人的眼中，差异究竟意味着什么？或者说，差异是否真实存在？他们倾向于以完全随机的形式主导自身的繁衍，让一切差异转瞬即逝，借一种近乎液态均衡的运动之理令氏族社会始终处于变动不居当中。

人的敬畏，也未曾遭人刻意地孤立与贬损，他只是被作为影饵，在每重一度的祭祀典礼中被摆在神龛一般的巨大沙漏里，在其中翻滚、号哭、抽泣，任由黄沙磨砺与涤荡他赤裸的黑色身躯。长到二十重上下，他终于第一次诱来了一条山魈。它的骨骼如同一只白色的笼子在体外生长、合拢，将血肉箍在其中；它的头和脚是同一副模样：呈不完整的椭球形，顶部（或末端）较平整，中间将分未分，左右各生一目。可以说在它的身体两端有两颗头或者两双脚，如果将它推倒在地，它将随机选择一端重新站立起来，它用上面的脑袋考虑有关天的问题，用下面的脑袋做出有关地的判断。它那副僵直的、瘦长的肢体从头顶到脚底，或者准确地说，从脚底到脚底上下对称。山魈不擅于运动，更可能的是，不喜好运动。它像根船桨一样吃力地左右摆动、戳刺地面，前进的姿态既缓慢又勉强，但总要比日头的起降稍稍保持领先。而要辨认它，还应以首要特征为准：它没有影子。也有人说会有一点，但稀少得像一把撒在地上的灰色粉末。

　　我的四世祖在整个部落的围观中被山魈囫囵吞下，所有人都为此雀跃不已。可惜的是，人们兴奋过了头，他们一拥而上，混作一团，罔顾猎人的嘱咐和祭司的提醒，随之而来的抓捕并未成功。臃肿的山魈将孩童吐出，恢复了消瘦与灵便，竟从晃动不停的人腿丛中钻出，倒在地上打个滚便不见了。只有部落首领的独生儿子看清了它的去向。他跟随山魈冲下一道坡，蹚过一条河，借助石缝中伸出的几条藤蔓穿越怪石嶙峋的峡谷，循着逐渐消隐的蛛丝马迹，一路风餐露宿，虽终无所获，却来到一片人烟稠密的市镇。六重之后，这个孔武有力的少年从北面归来，带回了鸦片、洋火和另外三种惊人的魔法。在他的脸孔中央，从浓密的黄眉到勾曲的鼻尖，形似一只展翅欲飞的鸡雏，作为部落首领的继承人，他承诺将视抓捕山魈为余生唯一的事业，同时宣布我的四世祖——那个自山魈腹中重生的七龄童，从此成为他的养子。

被食影的山魈吞吐一番，便如经历一次轮回，四世祖全身黑色尽褪，苍白似一张人形的纸，白得甚至无法融入夜晚，在黑魆魆的山林中也清晰可见。他追随养父，带领一队人马——包括两名最优秀的弓箭手、一名文书、一位独眼的占卜师、一个马夫和一个厨师——踏上征程，就此与自己的部族和家园分道扬镳。他们根据道听途说的法则，朝着影子的指向，时而东南时而西北，毫无成效地兜着圈子；他们不着寸缕，用炭灰将自己全身涂黑，嘴里念叨着没人听得懂的咒语。山魈未曾现身，马夫却患上奇怪的传染病。先是浑身发热滚烫如烙铁，接着骨骼便向体外快速生长，刺穿手肘、膝盖、胸膛和咽喉，死相惨不忍睹。

从痛苦的失败中，领袖提炼出一句堪称明智的训导：日出与日落像两个风情万种的女人，你向往她们，但却不可能同时占有她们。于是，他们停止盲目的追寻，每个白天和每个夜晚都在洞穴里或大树下休息，商议诱捕山魈的策略，做出一些无法证实的论断和无法实践的计划，只在黄昏时分向西面前进。在漫长得远超预期的行程中，又陆续发生了两次减员。厨师在从岩石、树根和黄土里刮出来的一丁点食材中，选择了一条通体乌黑的蜈蚣，佐以苔藓炖汤，尚未从火上撤下，只品了一勺便倒地不起；随后一名弓箭手在外出狩猎时遭遇不幸。他饥肠辘辘、体虚无力，被鸦片烟雾催生的幻象迷惑，不但没能射杀野狼，反被咬断咽喉。余下的路全由悲伤铺就，他们的远征，仿佛只是以不同的方式前往各自生命的尽头。一浑过后，五个疲倦的人来到嘉峪关前，除了十倍的苍老，他们一无所获。"唯独一件事比捕猎山魈更加重要，唯独这件事能让我们停下。"领袖说，"我们要在这里找到我们的女人，留下我们的后代。"

他们在最近的村镇住了下来，忘掉了他们的誓言。

生来体弱的四世祖，虽备受磨难，却仍旧没能锻造一副耐用的躯壳。十六岁那年他讨到一房媳妇，那女子丰乳肥臀、腰肢纤细，令他回想起自己曾经置身其中的，玻璃子宫一般的巨型沙漏。他用生命剩余的十二年养育了十一个子女，七个并非亲生，另四个中有三个早早夭折，仅余的独子却是一个傻子。在他婚后不久，领袖与占卜师经过商议决定继续践行已被废弃许久的祭影仪式。每重之中月华最为窄细，星光最为稀少的夜晚，四世祖便涂黑自己惨白的身躯，径自走进幽暗的窑洞。占卜师陪同他来到洞口便停下脚步诵念咒文，枯瘦的头颅上唯一的独眼，似一只小小的蚌壳，蕴含着或洁白晶莹，或阴暗腐朽的秘密，在寂静的深海中隐约闪动。待到他念罢离开，四世祖便孤身一人，整夜蜷缩在洞里，像一块被恐惧软化的石头。三十重，即大约十年以后的一个深夜，一阵沉重的、节奏迟缓的脚步声，将他从自童年起便不断改头换面，却始终纠缠他的噩梦中唤醒。一条船桨般的白影闪进洞口，蹦跳着向他靠近。他哭喊着后退，大声叫唤养父和占卜师的名字，但没有得到回应。他因失望而瘫软，继而又因绝望而癫狂。一身漆黑的四世祖像一头受惊的非洲水牛，忘记了自己的出路，只不顾一切地冲向山魈，撞倒它、撕扯它。他的风暴卷走了一副由麻绳和糨糊粘连起来的骨架，刮掉了一只头套，最后被一张熟悉的脸挡住。他松开他的养父，他们挂着同一种惊愕的神情向后退却，仿佛照镜子一般，不自觉地模仿对方的动作、迎合对方的节奏。领袖用犹豫的、不自信的、微微颤抖的，但又有点恶狠狠的，如同犯罪者一边忏悔一边拒捕的矛盾语气对他发出虚弱的叫喊："我不能等了，不能再等了……"他的身体不自觉地痉挛抽搐，似乎被马鞭一般的声带抽打着。

四世祖在黑夜中一路疾奔。土地上仿佛隆起一个个高高低低的浪头，将他抛上抛下，他跌倒在地，像一个线团越滚越少，他细若游丝地呻吟着，用肩膀轻轻顶开家门。孩子们都在外间，挤在同一张炕上。他没有忘记怜爱地轻抚小女儿微热的脸蛋，确认自己尚有爱的力量令他感到安慰。他蹑手蹑脚地走进自己的房间，轻轻掀开被角却摸到两具赤裸的身体。在妻子的惊呼声中，独眼的占卜师将他推倒在地，逃出门去。交替起落的双脚如同斩断视听的板斧，片刻之内，踩过坡顶不可见，踏出山外不能闻。

自那夜起，四世祖的日月与星辰从头到脚、由印堂至涌泉，向着他生命的地平线如暴雨般飞快地滑坠。我的祖父目睹他的父亲在几个昼夜间，肤色由苍白转为蜡黄。几个月之后，在去世的前一晚，他周身的皮肤终于如初生那夜一般黑如墨色。在咽气以前，四世祖留下了最后的一段话："所谓生命，不过是每一天陪同这个世界一起，脱掉自己的影子然后再穿上它，直至无力继续。因此，我的开始和结束都是温暖的，尽管中段总伴着彻骨的严寒。我的孩子，你的一生却自始至终如同一个秋日的黄昏，半遮半掩地抵御着温和却又顽固的暮色。低眉只见片片落叶，侧耳只闻声声雁鸣。有些微的舒适，又有些微的风凉，时而惬意，时而忧伤。"

被娘亲抛弃的祖父在一块泥地上走过半生，身边总跟着一头慢悠悠的老黄牛。他从未坐下或躺下，即使酣然入睡仍保持站立，仅在地表占有三百平方厘米的最小面积。洋人的马队经过时，他正用刚刚拔下的一把杂草擦拭小腿上的污泥。农忙尚未结束，插秧的人还须挨过数月的饥饿，擦净泥以后，在泥样的、半干的河水里涮几下，这把草就被他连根带茎地吃了下去。马队的翻译要在村里雇几名脚夫，除他以外无人乐意。为了让他们知道他瘦小的身躯里有惊人的力气，祖父肩挑两大筐黄土，在田埂上跑了一个来回，偷偷吞下一口混着血沫的口水。

法国人伯希和①骑在一匹高大的牝马背上，同时却

_____

① 我等无意对这位杰出的汉学家有任何不敬。之所以照录原文，无非是想说明，对于弱者而言，那种来自强者的善意亦有可能被理解为一种冒犯与侵害。当代学者萨义德在其著作《东方学》中谈到，所谓"东方"本就是西方所生造的概念，它被迫在欧洲人的心灵深

仿佛蹲守在自己思想的角落，他总是一言不发地望向地平线，忽而微笑、忽而叹息。随行其余皆盲从之辈，唯其马首是瞻。他高挑的背影像一只沙舟孤独的桅帆，悄无声息地起降、扯动、紧绷、弯曲、收拢，引领众人涉过晨昏风雨，有时竟也被同样无声的巨大黑潮彻底淹没。他们的行程并不遥远，行进速度却异常缓慢。他们在深夜出没于偏僻的村落和荒野，与孤狼和枭禽为伍，在山腹中凿壁，在戈壁上刨坑，穿过五百只蝙蝠栖身的

---

处扮演异域与他者，从而让他们在不断地与之对照当中完成自身。在今天有无数的"世界主义者"，我们要质疑这种天真，尽管这让我们显得残忍。我们仍然要追问：你们所设想的那架世界的天平，它的平衡状态是否可能？美国后现代思想家让·鲍德里亚在一篇名为《狂欢节与食人族》的文章中引述了阿根廷小说家博尔赫斯在《想象的动物》中提及的一个镜中的族类，作为战败者他们被流放到镜子里。在博尔赫斯的文本中，太过遥远的胜利将使胜利者的后裔们忘却危机，镜中人终究会觅得可乘之机，越过镜面的藩篱回归现实，并反过来将那些曾囚禁他们的人囚入镜中。但鲍德里亚的观点却认为，反攻早已通过一种更为隐蔽也更为有效的方式打响了。当那些志得意满的胜利者一次又一次地面对镜子，欣赏自己的姿态、修饰自己的仪容，沉醉于对自我的虚假的崇拜之中，他们便已经主动缴械投降，认可了镜中人对自己形象的所有批改。于是，镜中的虚影成了一种缥缈的现实，而现实的身体却成了一道可以触摸的虚影。在这两种想象的结局之中，无论我们认同哪一种，都不可能回避一个悲哀的问题：若是我们所有人都平等地分享现实，那么谁来填补镜中的空洞？当心啊，我的读者们！我的作者们！

地下宫殿，从一根石像的断指和一块残破的陶片中揪出被遗落在地底的前朝古尸。我的祖父曾听见一颗婴儿的头骨在突如其来的朔风中张口哭泣，看见面目狰狞的石兽对他频频眨眼，在一道刻有诅咒的台阶上有生以来第一次摔倒。疼痛过后，一种前所未有的松弛令他获得了一种美妙的，对于空间的纵向意识。思想与感觉——他的影子和肉体，停止了自他出生起便不断重复的相互追逐与交替领先的游戏，终于合二为一。在那个决定性的片刻，只有鞭子才能让他再次站起。

十个白天和十一个夜晚之后，他们在一个叫作敦煌的地方停了下来。发号施令的翻译出于轻蔑而一言不发，只将一块石头丢在祖父的脊背上，制止他继续前行。祖父听到自己像一扇门那样被敲了一下，沉闷的回声在他空洞的身体里激荡了几个来回才蹿进脑海。他停下脚步看着眼前的一片黄土，感到十分茫然。两天之后，道士王圆箓引着伯希和一行走进了莫高窟。所谓"一行"，并未包含祖父和其他的苦力。他在洞外灼人的烈日下仰卧，百无聊赖地打量着翻译声情并茂地中转着左右二人的虚伪与狡诈。经过一整天的等待，他们的工作在入夜之后才开始进行。祖父和另几条汉子用一根浸过油的麻绳拖着一个沉重的木箱翻越鸣沙山，他嘴里喃喃自语，跟所有的沙粒一起背诵妖魔的诗句。绳断箱落，他追逐着被风沙裹走的卷宗与经文，在瞬息万变的沙丘上翻滚。当他终于抢出一张半朽的绢纸，竟突然从蛛丝般伸进耳孔中，纠缠着他的风缕里听到了祖先的开示。而此时他发觉，这风已不眠不休地在他的耳膜上挠了三十年。

　　纸上画有九个奇特的形象，三列三行，分别是四种工具、三种动物，以及一个人和一个复杂的图形，似乎旨在讲解某种智力游戏的玩法。在他的眼中，图在放大，而自己的影子却萎缩为杏仁大小，在其中奔突不已。他手捧着自己的整个世界，向它的深处逃遁而去，整整一天一夜，枪声接连在他耳后响起。在他的前方，新疆像一条由雪山、草原、沙漠、盐湖与化外之族构成的巨蛇，在中国西面盘绕了十一匝。他来到它的嘴边，肩头被咬了一口，又一次重重地跌倒在地。救助他的是一对年轻的哈萨克牧民，男人用英吉沙刮出弹头，在伤口浇青稞酒，女人将一碗羊奶递到他的唇边。他苏醒过来，开始说一种他自己也听不懂的语言，然后又突然停住，陷入沉思。最后，他终于微微一笑，说道："对不起，我忘记了自己曾经活着。"

　　若有若无的启迪零星地出现，令祖父的旅途时而中断，时而折返，但在总体上仍一路西行。指引或以铭文的方式出现在某块墓碑上，或以一根插在马粪里的鸟羽为他点明方向。有时他不得不久久地等待、苦苦地寻求，他曾混迹于十一个民族当中，装扮成他们的模样，学会用七种语言咒骂、恐吓与求爱。他心甘情愿卖身为奴，跟随波斯商人穿越沙漠，经过印度与巴基斯坦，最后到达伊朗。在纸上的迷宫里，他已缩至微尘，渐不可认。

与祖母相遇的那天，他的身份是大不里士的一名花匠，他在金盏草、麝香和百合花中走过，双手沾满泥土，唇间叨念着古代经典中的职业教诲："每一种花卉都专供一个神灵。"那位什叶派少女，巴列维王朝的一个稚嫩的牺牲品，在他管理的花园中跌倒昏迷。他用颤抖的手指轻触她被铅弹重创的肩头，领悟到那条缠绕他的巨蛇竟是整个世界，根本无从挣脱。他将她窝藏在自己的小屋里，怀着悲痛与释然的心情——他的旅程被迫终止，而他也因此得以卸下重负——每晚同她交媾，如同退勤的太阳骑乘着黑夜，驰骋在另外的半颗地球。

父亲的年代，世界的獠牙正高悬在欧洲的头顶。这个羸弱的早产儿，在成年之前始终直面死亡的阴霾。一岁时感染肺炎；三岁时被肝病折磨得死去活来；七岁时大战爆发，遥远的炮火似乎穿越重洋点燃了他，连续的高烧和几乎致命的脑膜炎令他神志不清、视听俱乱，他听到黄色的星辰划过红色的夜空，看到紫罗兰凋落和葡

萄胀满枝头的巨响。十三岁那年，父亲失去了母亲，在
祖母弥留之时，他首次开始作画。她垂死的躯体，让他
感受到一种纯粹视觉的情欲。手执画笔的他，倒映在她
的迷蒙的眼中，像被软禁在一滴水里，从未，也不可能
再次拥有这种深不可测的亲密。在昏暗的烛光之下，他
绘出了她呼出的最后一缕，混有弃世的嘲弄、恋世的欢
歌和渎神的呐喊的气息。

　　过人的天资与难堪的贫困令他自暴自弃，早早地
流连于低等的娼妓和丑陋的酒徒们中间。十七岁时他
便染上梅毒，幸而也正是在同一年赢得了属于他的救
赎。父亲天才的画作被收藏家们所留意，虽是绝对的
小概率事件，但也是人力促成的结果。它们被年迈的
祖父摆在花园的各个角落，在灌木丛中、在厕所的墙
壁上，与浮萍一同在水面漂荡，随一根无花果树的枝
条伸出墙外。对一个站在园外抬头看画的人，玩世不
恭的少年说道："对于我的画，你最好不要看它，而
要闭起眼睛听它。"而这人便是我的外公，他身份未
及确认的岳丈。他收购了他所有的画作，并带着他迁
往伊斯坦布尔，让他住在他栽满郁金香的宅院中。他
的房间里摆有三部留声机，在屋檐下、窗台前挂满大
大小小的鸟笼，在西贝柳斯、帕格尼尼和李斯特形成
的涓流、瀑布与喷泉周遭，清脆悦耳的鸟鸣声像彩色

的雨点在房间里四下飞溅。

懵懂无知的母亲被浓艳的声色世界所诱，向他臣服、被他毁灭，成为他不可理喻的天分的牺牲品。父亲对房事并不特别热衷，但却着迷于女子缤纷的呻吟，从细不可闻的轻声叹息到惊痛交集的刺耳尖叫，在他的眼中仿佛一列美不胜收的光谱。他令她兴奋、令她迷惑、令她欣喜、令她受辱、令她疼痛、令她羞愧，他炮制她像肆无忌惮地、疯魔般地挤压一支颜料管。他留下了数百幅她的裸体肖像，造型无不荒淫，色泽无不怪诞，如同一朵朵在梅毒中溃烂的花蕾。

父亲的画作在伊斯坦布尔当地赢得了不大不小的关注，其中的一些被几位颇具影响的收藏家买下。在形形色色的沙龙与聚会中，这个言行傲慢但气质不俗的年轻人也俘获了几位贵妇、几个小姐和几名女仆。他因与一位恩主的妻子偷情，遭到毒打之后，被灌进一种由蜣螂虫、犀鸟粪、白松香以及少量的阿月浑子①调配而成的

---

① 　生活于公元九世纪与十世纪之交的阿拉伯名医穆罕默德·本·扎卡里雅·拉齐（法国著名的阿拉伯学家于阿尔称此人为"伟大的医生"）在其著作《医学集成》中提到了这种毒物，他说，当时的巴格达贵族常常配制这种邪恶的药水，用于毒杀自己的政敌或情敌。另外，美国汉学家劳费尔在其著作《中国伊朗编》中对"阿月浑子"这种植物从文献学的角度做了全面的整理和辨析：阿月浑子，唐人

药物。他的头发、睫毛、眉毛和阴毛全部脱落，他的额头、双眼和阳具一一起癣生疮，仿佛在一个白日梦中衰变为一枚阿刻戎河里浮肿发臭的银杏。听觉于他，已退化为一种低级的底片感光技术，色彩全无、只余明暗；视觉则不再能判定一种气味的属性，只对其刺激强度有

---

段成式在《酉阳杂俎》中称其为"阿月"；唐末五代时期药学家李珣的著作《海药本草》则称阿月浑子原产于中国，中文名称为"无名子"；在《广舆记》和《本草纲目拾遗》等中文古籍中则采用波斯词语的音译，称其为"芯思檀"，《广舆记》在介绍其形貌时说："树叶类山茶。实类银杏。"有一点是确凿无疑的，阿月浑子必为一种古代波斯人喜食的坚果。那么它的毒性又是从何而来呢？公元十世纪的阿拉伯学者和旅行家伊本·法基赫曾记录了一则奇闻，他说，有些食物在其产地是美味，但被游客带走之后，其性质却会发生难以预料的异变，或变为石头，或化为灰烬，或干脆变成了剧毒之物。莫非，这毒药竟然就是乡愁？而故事中，这位凭听觉作画的艺术家罹患的以花为名的恶病本身也是一种"他乡之物"，一种极为奢侈和恐怖的舶来品。当然，其所谓的"异域"属性，主要是相对于欧洲人而言。事实上，考古发现表明，在原始人中即已有梅毒病例，但其在欧洲的大范围传播却和哥伦布远航美洲相关："从庆祝哥伦布归来那时起，梅毒就使巴塞罗那居民惊恐万状，后来更飞快地蔓延开来；这是一种传播迅速、能致人死命的流行病。在四五年内，该病已周游欧洲，并以种种假想的名称从一国传到另一国，如那不勒斯病、法兰西病等……人们说，这是失败者的礼物和报复。"（引自费尔南·布罗代尔著作《十五至十八世纪的物质文明、经济和资本主义》）

隐约的感知。也许只有嗅觉,是啊,也许嗅觉仍在加固他的生命印象。他像一只寒武纪海洋中的草履虫,嗅见严寒与疼痛,嗅见锋利,嗅见残忍的与猥亵的词语,嗅见妖魔的抽象。更进一步的,他嗅见了自身生而为人的另一种轮廓。

我的父亲死于梅毒,或死于一次影子的反噬。病榻、墙壁、地板,以及他置身其中的整个房间一起变得异常柔软。他在木材、砖石、布料和泥土拱起的浪头上翻滚,在肉体的泡沫中漂浮。一个船桨般瘦长的身影——被空间拧转、扭动,仿佛一条直立行走的水蟒——在他弥留之际,左右摇摆着向他靠近。它像一个爱人、一个智者,拥抱他、亲吻他,伸出巨大的舌头包住他的头颅,终结了一切迷惑。

在他的最后一幅画作中,只有一片黑暗,如你所知,这便是他留给他唯一后代的全部财产和全部真相,而我一生当中,从未脱下这层家传的、厚实的黑茧。一个将双眼遗落在前世的新生儿仰躺在肮脏的小床上,独自体验着令人难耐的阴冷潮湿,无动于衷地任由小便在两腿间流溺,略带遗憾又不无自得地感受着微微发胀的膀胱——像一只发酵的苹果——在胯下散发着些许的甜意。那便是我生命的开端,从某种意义来讲,也是所有。

　　必须到此为止了。在这个故事中出现的一干无名无姓的人们，他们此刻都已死去，像一群无助的羔羊被光阴的利爪扑倒在地，如一簇零落的秋叶静卧在自身的影子中。他们的离逝给了我某种授权。而我，这具苟存于世的活尸，尚未被允许谈及自己。

# 真、假、谜

（《山魈考》第三版序言）

死是一种风俗，

它懂得如何使人习惯。

——豪·路·博尔赫斯

《马努埃尔·弗洛雷斯的米隆加》

在正文的开始之处，传出激越的杀伐之声，字与字兵戎相见，标点如扑面的箭雨。因此在步入战场之前，有必要为那些无辜的、先天不予设防的双眼套上坚实的铠甲。正是基于这种考虑——即在阅读《山魈考》之前，读者的保护性的否认与怀疑的本能也许尚待被装备——是故画蛇添足、多此一序。

倒毙于某种对真相的发掘，或对幻象的研制的中途，这正是这本书以及我个人所共有的命运。"假"是一块面纱，"真"却是一副加厚的面具，前者不过略具遮掩之效，后者却可做出致命的阻挠。所以首先，本文将论及杀伤力惊人的第一种危险性，即真实的危险性。在某些书本当中，过度的真实已经膨胀成为某种巨大而恐怖的东西——一种着力攫取信任的妖魔。对于《山魈考》来说，却只有虚假的事实才可以得到确认，而确认的方式则是否认。事物的真假，在时间这同一的、包罗万有的无边界之圆中，均不过指针或虚或实的划痕，不过候鸟飞过之后，在云中杳然不知所踪的尾羽隐匿于天空的少许遗迹。这本书不是任何一种陈述，而是一种曲调，是歌词消失后不可念白的旋律，是回荡在旷野之中的一段口哨的余音。

　　我很乐意就此开始描述 1959 年初春，与厄齐尔先生的那次会面，但根本上那些可描述的部分是无趣的、庸常的。也许只有我们的道别除外，因为它的永恒性使得一个场面被留存下来，板结成为两个活人及一段时光的化石。这位和气得近乎随便的长者将双手拢在风衣袖子里，他青紫干裂的嘴唇微微颤抖，以提喻的形式讲述一则格言："不必说再见，我的孩子。我们从未与任何人相遇或分别，因为一个即全部，所有人都是同一人。"

　　我记得那天，攥在手里的书稿在风中猎猎作响。这阵风与若干年前在埃及、在中国、在印度的风是同一阵。它托生于九柱之神或梵天的一丝叹息，助长了毁灭乌尔城和阿房宫的大火，将一对在梧桐叶上交尾的果蝇从朗斯流放至波尔多，在北极冰原上迷了一个猎杀海豹的因纽特人的左眼，在马赛马拉草原上吹歪了一支射往斑马颈部的毒箭，它曾令古希腊人欧几里得跌倒中风，曾在美国加州使一个浪荡街头的滑板少年黯然神伤。我记得那天，被道路与房屋遮住的夕阳像某种发光的浆果，被碾碎后，鲜红滚烫的汁液溅满视野所及的半个苍穹。我的目光穿过风幕，察觉到这个傍晚正是 1837 年 1 月 29 日，普希金因决斗而死的那个俄国的傍晚，亦是那同一个傍晚，庄周和莎士比亚在柯南·道尔爵士的梦中相遇，他们在十八世纪的伦敦街头以第三种语言对谈。是啊，这便是我首先要告诉你们的：我习惯于将一切等同于一。只有一种事物，只有一个存在，巨大而无以名状，它的众多名字中的一个，叫作"世界"。

　　作为一处备受冷落的文字景观，偏安于宇宙一隅、星球一角的《山魈考》，由于某种沼泽、溶洞或墓葬的埋骨沉尸之能，向来持守着这个世界的某些幽深、神秘的原貌。本书中遍布一种依数学线索，或曰镜像逻辑而安排的对偶关系。每一节的文字与将章数和节数颠倒后的另一节文字完全相反，两节文字的段落数和语句数相等，从首句开始直至最后一句，同一位置的每句内容均相互对立。例如，第一章第四节的第一句为："盐由神的尿液结晶而成，不同于任何一种尘世的造物。"第四章第一节的第一句则为："盐不过是一种有咸味的土，是世上最低贱的东西，只配与粪便为伍。"依次类推，

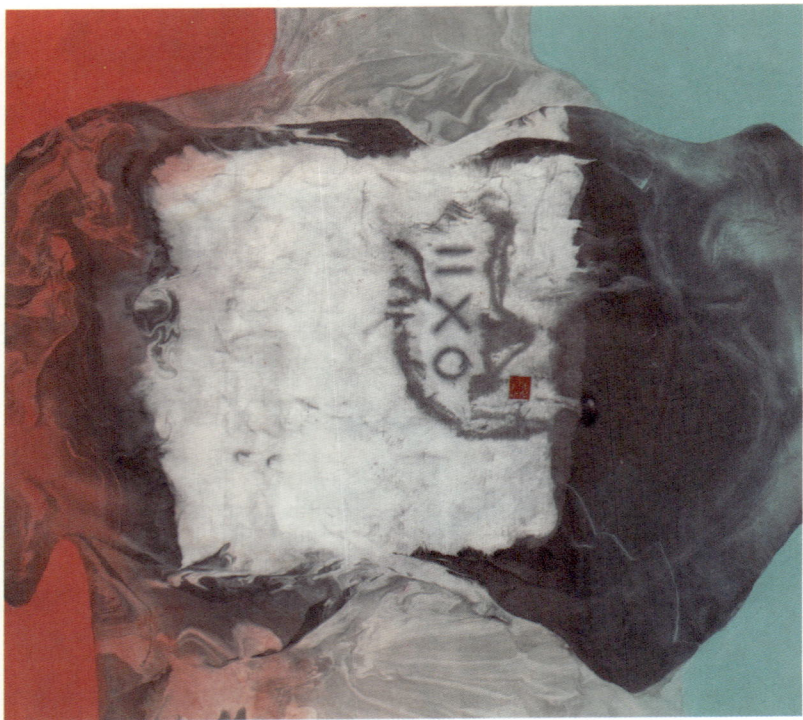

本书中遍布一种依数学线索，或曰镜像逻辑而安排的对偶关系……

全书中仅有第一章第一节、第二章第二节直至第十一章第十一节，即自最初一节到最后一节之间章节数相同的小节并无与之彼此对应的倒相。它们盘桓于意义的原点，关照其自身，发乎情、止乎礼，与二元天地共同始终，却在其中标识出一条绝对一元的点状阶梯，供极少数有飞檐走壁之能的头脑攀爬、跳跃。

从以上介绍不难看出，《山魈考》恰似一台不偏不倚的文字天平，两边各自称量着有关人鬼神、水火风，花草树木、鸟兽鱼虫，乃至万千自然风物的各种知识与判断①。有关字的分量，或者说名的效力，向来有一些金科玉律被魃阴人代代相传且严加恪守。任何事物的实在性均须视其被书面化的频次而定，若未被转述达到一

①　对于这种被我们称为"百科全书"的书籍，我们最好分类而观之。第一类百科全书由集体编纂而成，其主要目的在于集结当下的知识成果，以飨后世。创作者们往往匿名，仅仅出于对文明的责任感，作为一个年代一个社群的代表，进行旷日持久的劳作。这一类著作有《大不列颠百科全书》《牛津百科全书》《永乐大典》等。第二类百科全书则完全由个人写就，出于个体精神不断膨胀的求知欲和征服欲，其形态往往畸怪，内容往往偏颇。这些亚历山大式的学者永不餍足的精神扩张，总是会造就一些既令人惊佩，又逗人发笑的产物。这其中最为著名的莫过于老普林尼的《自然史》，然而，若是单看标题，最具野心的作品却要属十三世纪阿塞拜疆学者卡兹维尼编写的《宇宙志》。《山魈考》的作者究竟是一个人还是一群人？这个问题的答案将会决定我们对于这本书的理解。

定次数——具体而论，应为至少十一次——无论其如何确凿，是否拥有无可置疑的合理性，都不能被认定为事实。一个人若在崎岖的山路之上被一块石头绊倒，扭伤了脚踝。在寻医之前，他必须首先遍阅典籍，以查找与该块山石相关的记载，在确认其实际存在后，则仍需在下一轮的阅读中找到足够数量有关踝伤的描写，若是伤势终究不能确定，是不能在无病无伤的情况下贸然求医的。对这些信息的查阅有时耗时极久，人们可能终其余生也无法肯定一枚生锈的铁钉、皮靴侧面的破洞、一只爱打呵欠的肥猫、在氤氲的晨雾中踽踽独行的背影，或是任何其他事物的实存性。

魃阴人尚在子宫当中时便已得名，长辈们在木板、绢布、石材等坚固且易于长期保存的材质上写下孩子的姓名，待孩子掌握书写能力后，这一生死攸关的任务便转由名字的所有者自己执行。每一个活人均拥有，并不断扩大着各自的碑林，以此落实其存在，甚至在很大程度上，这才是其存在的实体。他们将自己的名字绑在树的根部埋进深土，将它藏在鸟巢里、洞穴中，为了避免名字被破坏，他们驯化毒蛇猛兽作为看守，在它的周围辟出沼泽、湖泊，种植散布瘴气与毒雾的奇花异草。在魃阴族群内部，凶杀经常如此宁静、漫长，又如此残忍地发生：一个人因所有名字被抹去、被焚毁而消失——

或至少，被周遭环境默认为消失。

在《山魈考》全书中，仅有十一个名词出现了十一次以上，即是说，这些名词所示之物在本书中得到了不同程度的、现实性的承诺，并共同构成了一个谜面，或者从某种意义来说，陈述了一则预言。它们是"蛇环""脚踩浮木之人""凝固的烟""没有重量的垂摆""旱地之舟""无孔之锁""诗的游魂""人石""蓝色血液""黑色蜜浆"，以及"镜中字"。据我所知，迄今为止仅有两人发现了，并尝试解开这一谜题。其一是在她的亲友圈中备受争议的古辛姨妈，其二便是我本人。

古辛姨妈的解谜方法基于孩童的造句游戏，她像是一个年过七旬且终究死于幼稚的婴儿，摆弄着名词的积木。她首先注意到那个必须成立但未能得以成立的词：山魈。对此，固执但可亲的古辛姨妈发出一连串的追问："标题的力量竟被内文所忽视？小不承认大？羽毛不承认飞鸟？尘埃不承认土地？水滴与分秒不承认江海与时间？数字不承认运算？世界被事物所背弃，仅仅随着生长、推延的视线，由无数条地平线叠合、虚构而成？这如何可能？"对此，她令人钦佩地得出结论：世界之为世界，谜之为谜，概因其微观与离散状态，以及先天存有的见微知著的可能。解谜并非某种尚武的行为，无须挥舞利刃切削、穿刺，而恰似女红，意在温柔、细密的归拢与缀连。

"蛇环"，她解释道，即奥卢巴鲁斯，是一切圆形事物当中最著名的一种，在炼金术及古代宗教传统中均作为重要的标志与象征一再出现。对于"脚踩浮木之人"，她大胆得近乎荒唐地将之猜测为西方历史上最著名的文学形象，即奥德修斯。"与'蛇环'的意义一致，奥德修斯的旅程，从踌躇满志的出征，到身心疲惫的归来，亦为一个首尾相接的循环。"从针对头两个名词的解说中，她似乎获得了某种信心，以至于其余的阐释愈发肆无忌惮："'凝固的烟'，是对时间的反叛，意味着向来作为时间之直观的变化从事物之中被抽离，与另外一个意象——'没有重量的垂摆'构成一对复指"；"'旱地之舟'与'无孔之锁'，似无典故可查，但就意象本身而论，无疑均与一种关键位置的——可否直接断言为灵魂的？——缺席有关。若将之人性化并非恣意胡来，则究其形态中隐含的暗示，合锁孔之形与干涸之意，似正喻指盲人脸上幽闭的枯井——被光明遗弃的瞽目"；"'诗的游魂'，其字面意义几乎无法理解，但仍能从中感知某种追缅之情。仿佛在一缕由幽灵的吟唱凝成的青烟中，藏有一双噙满忧患的眼睛，观望着美学的潮水退去后，遗留于历史沙岸的湿痕"；"'人石'可作二解。其一为人形的石头，如英雄或君主，尤其是神灵的雕像。其二为人性的石头，即如中国作家曹雪芹笔下那块遭女娲弃用的补天顽石。若将二解同时采纳，则正可表现身体与精神的辩证。'石'以其对时间的漠视与抵制将精神性的'人'从脆弱不堪的肉身中解救出来。作此解可与以上烟与钟摆的寓意形成呼应"；"从构词法的相似性出发，将'蓝色血液'与'黑色蜜浆'视为一对关联意象应无问题。蓝色与黑色在情绪的光谱之上恰好相邻，使人联想到寂静、忧郁，以及与死亡相关或相似的事物。我将之理解为睡眠与梦境的隐喻"；"至于所谓'镜中字'，其意义难测如火中取栗。和其余十个名词相比，它似乎是完全孤立的。这一现象或许说明它的地位较低，属于可有可无的次要信息，或许正好相反，这个谜中之谜作为一项重要原则，具有总领性的意义。我更愿意接受后者，并凭借阅读《山魈考》的一贯印象做出推断：镜中之字，非字本身，乃字之倒相，语言文字作为表述意义的工具，却与实际意义背道而驰，我们能从中获取的不过是一些既虚且假，甚而至于全然相反的偏见与误解"。

在逐个儿牵强附会之后，古辛姨妈又进一步施展她鲁莽的想象力，将系统性、综合性强加于这些本就云遮雾罩的词意之上，似是而非、将错就错。在给厄齐尔先生的私人信件中，她做出如下整理："面对一盘散珠，或许有数百种缀连的方式，但一条复合的链式谜团即如一场人生，无法仅凭理性预设未来。对于每个人而言，选择只有一个。我所挑选的路径，向来便已埋设于我自身当中。《山魈考》是一本时间之书，一本梦之书，一本由盲人写就、供盲人阅读的黑暗之书，一本与自身相反的书。它用所有篇幅只说出一句肺腑之言：对于在时间之环上循环往复的漂流者，开始即是结束，正即是反。真相在字的背面，在未被写出或已遭遗落的诗句中，在由盲目之井掘取的黑色矿物中，在睡梦深处，在肉体与精神的坚不可摧的统一中[①]，在时间停止、消失之处。"

　　由于长期深陷于阐释怪癖与学术谵妄之中，古辛姨妈抛出的谜底明显过于文学化，甚至过于现代主义了，概因她相信某个距今不远的作者确乎存在，而我则认为《山魈考》出自对古书的抄录与转译，因而很难对尚且被泛神论思维统御的异族先民做如此设想。转弯抹

---

① 尼采曾经发问：身体与灵魂如何可分？然而，书写也许正是出于灵魂溢出与离散的需要。由此说来，书与灵魂便形成了另外一对无法分割的二元结构。法国哲学家吉尔·德勒兹说："一本书面向着一具无器官的身体。"如果能够得到允许，省却概念辨析，直接以借用和误用来补给我们自己的语言，则我们更愿意说："精神是无器官的身体，书是无器官的身体的器官。"

角、含沙射影和欲言又止非但不是他们的长项，在魃阴人看来，含混与抽象是应受谴责的罪孽，终将导致文字的消亡。对于他们而言，文字的图像意义远大于逻辑意义，更不消说是象征意义了。我倾向于从某种基于全息观念、具有巫卜效力的原始图腾或神祇的形象来看待这一谜题——神与谜本就属同一层面的事物，在人的肉身之外坐落着一间无限庞大的谜语作坊。不过，我和以身饲谜的古辛姨妈至少在一个方面观点一致，我们都认同考察时间因素的必要性。

在宇宙，一个连环爆炸后向所有向度伸展的笛卡尔坐标系中，时间与空间并无界限，由位置及时刻标定的次序也全无意义。"蛇环"既规定了图案的基本轮廓为圆形，也规定了包含于其中的无休止、无中断的运动性——一个首尾相接的循环，另外十副图像则依次分布在圆周以内的各个方位，如此便形成了时间的直观形象：一副钟表的表盘，一座时间的旋转木马。

魃阴人将一日划分为十一个时间单位，"脚踩浮木之人"代表清晨曙光乍现之时，意味着人们就此开始一天的活动，也喻指人在睡与醒之间暂时悬浮的状态；"凝固的烟"也许是对于晨祭仪式中的某个细节做幻觉化的叙述，也许仅仅是魃阴人对于朝霞的另一命名。在这一天当中的第二个钟点，天将大亮；"没有重量的垂摆"应表示正午，其时垂直照射地面的光线与正上方的太阳形似一个因失重而倒置的垂摆；"旱地之舟"与"无孔之锁"则瓜分了由朔日至晦日，从午后到黄昏的下行时段。其中，前者大概是对于令人倍感疲惫的下半日劳作场面的描摹，后者仍与太阳的运行有关：日头没入地平线之下，正如锁孔被浇铸堵塞，昼被夜锁闭，静待下一次黎明来临；"诗魂"一词几乎无法引出任何画面联想，我个人认为有误译的可能——当然，这种可能性存在于《山魈考》的每一行之中，全书十一章十一节环环相扣、层层嵌套却居然无法箍紧任何一点能够取信于人的意涵——索性将之臆测为一个暮晚时分的印象：万物的影子被其自身回收，无法辨析的声音从四处传来，不确定的事物灌满天地之间，世界空寂如宇宙中一个孤独的游魂；在我的解释系统中，"人石"是最先得以明确的一个构件，原因在于其并无深意可言，所指的不过是因沉睡而静止的人体；接下来的"蓝色血液"与"黑色蜜浆"均代表由浅入深的睡眠状态，睡着的人并非只越过一道黑白分明的界限而已，在水面以下尚须经历一段缓慢悠长的下潜。从蓝色血液至黑色蜜浆，渐深渐稠，人起初平静安逸，后来却可隐隐体验死亡的恐惧与欢畅；顺着之前的线索，可以将"镜中字"理解为人在即将清醒时蒙眬但已初具轮廓的思想意识，其中可能同时隐涵梦境与现实之间的关系。在这座大半出自想象（虽不无根据）的魃阴钟上还有一个空位，即第十一个钟点，它居于迷魂阵的中心，在蛇环的首尾相接之处，既是始也是终。我将之留给那个生性沉默，却得以被书中的其他词语共同言说的词语：山魈。

在《山魈考》中，"山魈"一词仅在标题中出现一次，在十一章十一节内容中均包含对于猎人及其捕猎行动的描述，但是捕猎对象却是"蛇环""凝烟""人石"等，从我以上的推论来看，似乎《山魈考》是一本关于如何"猎取时间"[①]的书。然而，这也许不过是一种

---

① 怎样才能"猎取时间"？须为之备好怎样的羽箭，设下怎样的陷阱？在胡杨博士为《山魈考》中译本所做的序言中，曾言及魃阴人对于读书的态度，从中可见，书籍既可作为抵御时间的防具，亦可作为羁押时间的枷具。任何一本书都或多或少与时间有关，从这个角度而言，最为极致的书便是历书。在文学领域，最为著名的"时间之书"大约要数中国明代作家吴承恩的小说《西游记》，这本书正以时间作为开始："盖闻天地之数，有十二万九千六百岁为一元。将一元分为十二会，乃子、丑、寅、卯、辰、巳、午、未、申、酉、戌、亥之十二支也。每会该一万八百岁。且就一日而论：子时得阳气，而丑则鸡鸣；寅不通光，而卯则日出；辰时食后，而巳则挨排；日午天中，而未则西蹉；申时晡而日落酉；戌黄昏而人定亥。"故事中的僧人携着"心猿"，跨着"意马"，走向无尽的危险和诱惑，像是一个东方的圣安东尼。然而，他不过只是配角而已。那孕育于天地之始，裂石而出，并先后得名"行者"与"悟空"者才

特异语法制造的误解。魅阴人惯于用时辰代表事物的不同状态，进而以状态抵消事物本身。值得留意的是，许多迹象表明，时间直接介入了他们对于颜色的理解，两者完全采用同一套语词来表示。十一时即十一色，由浅至深、由暖转冷，其余大千世界的百万色彩均不过浓淡变化与参差交混而已。我并非通灵者，但我的想象力告诉我一则未经证明——也许是不可证明的——但几乎同时也是确凿无疑的知识：这十一个词语均被用于在不同环境中、不同条件下指代山魈。被付诸感官经验的山魈，本身便由这条环状的时色队列所标记、兑现。

猎人或许只有一个，或许有十一个甚至一百二十一个。有关他（或他们）的详细背景，时代、姓名、出身等，书中只字未提，似乎其生具神性，拒绝被凡俗的生活引用。仅有一处无任何参照价值的面貌描写："在额

---

是唯一的主角，我们几乎可以将这个角色视为"时间"本尊：否则又有何物在不息的运行中，被了悟为空？正如那灵台方寸山下樵夫所唱："观棋烂柯，伐木丁丁……"这顽皮的猢狲，私订生死，变化万千，以其永恒的天真，随手划定千秋万世或须臾一瞬。他先是与天宫众神为敌，之后又向地上诸般妖魔一一讨战，但何曾有人见过时间会受伤流血？唯独那执掌宇宙的佛手，才能在翻覆之际，将时间关闭与开启——与这巨掌类似之物，还包括梵天的眼皮和突厥神话中以双唇撑开天地的神鱼。而那先被佛手关合，又被僧手掀开的五行两界山，除了书本，还能喻指什么呢？

"猎取时间"……

头以下，在一条引着露水淌过鼻梁的凹槽内，深埋着一枚骨质的蝴蝶，在蝴蝶的双翅之间，潜伏着一匹猎豹，被鲜血染红的利齿刚刚洞穿了一只角羚的咽喉。"我看到这轻盈的、凶猛的、灵性的、兽性的，这眉目携带死亡的危险人物向着一匹多彩的时间之鹿猛扑过去，但对于他的一切却十分无知。在《山魈考》中，读不到他的生，只读得到他的死。在一次意外受伤后，猎人裸身下水，在湖中一连浸泡几个日夜，直至皮肉溃烂，痛苦但沉静地死去。鳝鳗与水藻，如柔肠似鬼火，将尸骨溶解在水腹之中。凭借幼稚的形象类比，魃阴人认为水具有非凡的疗愈能力——切割所致的伤口瞬间即被抹平，若是被箭矢或枪弹命中，则会以同心圆的形式外扩传导，将其化于无形。在全书当中，死亡仅仅发生过一次，若据此推论所有猎人均为同一人或无不可，但之后他又数次出现，生者般摆弄刀箭、巧布陷阱，如此便需某种起死回生的文字巫术予以注解，但这已超出我的智识及权限之外。

对于魃阴人和《山魈考》，我那着魔般的兴致并非突发，也未曾经过渐进的培育。它久已成熟，但居于潜伏状态，正如我臀上的胎记一般。他及它不像是来自过去，倒像是出于未来。我们之间持续发生，但从未完成的相遇，依赖于他们近乎永恒的等待状态。倘若对于我的出身和我的行止，我本人的发言能被视作权威，我将宣布自己为魁阴人，而《山魁考》则是我在蒙受天启之时，或精神错乱之下写出的神圣并邪恶的、智慧并疯癫的谜之笔记。

　　如果我说谎（您尽可以如此指责我），只因我深信最大的谎言便是最高的真实。

奥坎·阿伊德

1967 年 4 月 19 日晚间小酌后于寒舍醉书

# 奥坎·阿伊德第三版序言补记

满纸章句罹患语病。如此整齐划一的越界、篡位与取缔，莫非竟源于一场政治瘟疫？

1968 年 6 月 22 日

文字必须生具性别，否则它的繁育如何可能？然，既有生，死便不过镜中晦暝，属天经地义[①]。

1968 年 7 月 29 日

有关字群的迁徙、繁衍及覆灭的问题，其实早在数月之前，我便已有察觉。2 月下旬，我曾将两个深具诗意的句子随手抄录在一本去年七月号的《奥斯曼学刊》

---

[①] 奥坎·阿伊德博士的联想固然别致，但却有失简单。其实文字何止具有性别和生死？一位不知名的当代中文写作者曾在一篇名为《字牲》的短篇小说中，讲述了如下故事：一位作家分别在一部魔法字典的"草部""树部""土部""山部""池部"中圈养不同种属、不同习性的字群，他饲养它们、繁育它们、役使它们，最终逼迫它们揭竿而起，摧毁了他的灵魂。传说仓颉造字，致粟雨、鬼哭，那是怎样一个令天地鬼神也惊怖动容的庞大兽群？

的扉页之上（分别摘自《山魈考》第三章第一节和第六章第六节）："在日月交替的间隙，他们藏身于夜的深穴，诱捕海市蜃楼。"和"黎明，被寒星刺醒的白鸦向地平线伸展双翅，筑巢于瞳仁内的两万只候鸟，沿着第一缕破晓的金光开始向嘴角迁徙。"不过寥寥数日之后，一个初春的傍晚，我怀着奇异的预感将头颅从情人的胸膛上抬起，就着一道被叹息摇撼的烛光，再次翻开那着魔的一页，看到的却是"他们深陷于彼此的瞳仁中，在各自的泪水中溺毙。"以及"栖身夜巢的白鸦被寒星刺杀，在黎明的海市蜃楼中翻滚，染血的羽毛撒满天际，两万道破晓的金光被地平线诱捕，失语的精灵在嘴角间往来迁徙。"死亡的介入使得文句充满鬼影幢幢的暗示，对于自己的记忆——我赖以获得学位及认同的唯一禀赋——我首次失去了自信。总而言之，出于对恐惧的回避以及知识分子的祛魅本能，我将起初的震惊折算为与年龄增长相关的病理解释。

　　之后的几个月，我陆续发现《山魈考》的打印稿，以及诸位学者和我个人留下的批注、笔记等相关文字材料仿佛被地质灾难所颠覆，而这种动荡竟是持续性的，似乎永远不会完成。纸张，这变动不居的平面，这白而轻的幽灵物质，渐渐如水面一般，获得了使某些神秘操作成为可能的纵深。同一现象不断在不同位置，以不同形式重演，惊惧、狂热的奇迹心理很快褪去，取而代之的是对绝望和疯狂的全盘接受——否则我可能会被迫接受更加荒谬的事物。第五章第四节的中段"应畏惧女人。她们的肚皮里藏人，乳房里藏鬼"与"初生的人没有魂，他从乳房里吸食鬼魂"，变为"与现世相反，地狱由女人统治。其门户柔软且富弹性，幽深且多褶曲，构造如女人的阴部"及"正如生时被睾丸般的日月照拂，死后的天空将被一对金银双乳所主宰"；第九章第二节的结尾则由"人血原本是蓝色，而海原本是红色，人原本便是睡着的，极少醒过来"变为"人在醒时受伤流红色的血，在梦中受伤流蓝色的血"……再后来，全书中所有的人称都被换作第二人称，所有的男人都换作女人、女人都换作男人。每一句话，每一次读，都与上次不同。《山魈考》以其自身的消解与重构不断攻击我的理智，常识、记忆与经验被毫不留情地更新着，直到我终于决定将与这本书相关的一切封存起来。

6月，一个酩酊之夜，我以被酒精俘获的右手颤抖着写下一句十分不得体的（在清醒时绝不至如此露骨）情话："我想象着，十只倦鸟一齐在您的胸口降落——啊，那座温软的娇喘之岛。"幸而未及在冲动驱使下将它递给三位预想对象中的任何一位，我便不省人事。宿醉过后，怀着从自嘲中获得某种安慰的期待，我从床边的橡木地板上捡起它，却在惊吓中重又将其丢回地上。纸上以因不能全然掌控动作而显得别扭、古怪，但确乎属于我的笔迹写着："在您的胸口，停留着身为女人的所有恶业。在我的腕上，十只食罪的秃鹰以利爪的撕扯，赠予您疼痛的救赎之乐。"一瞥之下，足以让我对一个面目全非的未来心知肚明。与其说是一个变幻的字集，倒不如说《山魈考》就是变幻本身，如今这片字母的云团挣脱了它们的天空，正如一匹奔马跑出自身之外，世间再无任何一把锁、任何一堵墙能够阻挡它。

　　浮士德曾在歌德的笔尖下哀叹：

　　　啊呀！我还在地穴里蜷伏？

　　　可诅咒的窒息的牢狱，

　　　连天上澄净的光辉，

　　　也得混浊地透过彩窗渗过来[①]！

――――――――――

① 所有伟大的传世作品都曾在一定程度上遭到改写，而它们本身也是对更为古老的作品的改写。歌德的《浮士德》、弥尔顿的《失乐园》与但丁的《神曲》均涉及地狱与天堂的主题。在追求真理与美的过程中，浮士德虽然不断失败，却最终通过一次次真诚的自我否定升上了天堂，抵达了黑格尔所谓的"绝对精神"（值得注意的是，在以同一个传说为蓝本的名著，英国诗人克里斯托弗·马洛的诗剧《浮士德博士的悲剧》当中，浮士德博士最终仍然被摩菲斯特捉住，押进了地狱。这不能说明马洛对于知识的态度与歌德有所不同，他

　　如今，他却对我的耳朵呼喊："生而为人，便被困在这暗无天日的洞穴中，找不到任何一扇窗户，能让圣洁的光照进来，有的只是蒙蔽了光的躯体的、丛生的黑发——无穷尽的阴影。啊，洞穴中还有洞穴，暗沟里藏着暗沟。"

　　弥尔顿的《失乐园》第 192 行至第 196 行本应是：

> 撒旦这样对他最亲近的伙伴说着，
>
> 把他的头抬到火焰的波浪之上，
>
> 两只眼睛，放射炯炯光芒，
>
> 其他肢体平伏在火的洪流上，
>
> 又长又大的躯体，方圆几十丈……

---

所关注的问题是，如若没有伦理的约束，人类对知识的追求将导向良知的反面：一条狂妄邪恶的魔道）；在《失乐园》中，原本在天堂居于天使序列顶端的撒旦，因其反对上帝的无上权威，而被掷入地狱的火海之中；《神曲》中的但丁则经由维吉尔及贝阿特丽丝的引导（这两者分别象征智慧与爱），体验了一次由地狱至天堂的上升之旅。在奥坎·阿伊德博士所见证的这场"字疫"当中，浮士德书斋的那扇象征希望的彩窗被取消了，哪怕只是"混浊"的光也不再照临于他，他的世界从此只有洞穴连着洞穴，阴影覆着阴影；撒旦（被阿拉伯人称为易卜劣斯）不再被描绘为一个耐受火刑的失败者，地狱是他自己认领的国土，而他遮蔽一切的魁伟身躯与"黑暗等大"；最为彻底的改写则发生在《神曲》之中，其宣称，地狱即是天堂，天堂即是地狱，上升即是下降，下降即是上升。

在我眼前则变作："四位牛头蛇身的魔怪 / 在火雨中撑起巨大的铁伞 / 伞下的易卜劣斯仰躺在地狱的最深一层 / 以毁灭的目光扫视所有邪恶的仆役 / 他的身躯与黑暗等大⋯⋯"

在《神曲》炼狱篇那苦尽甘来的开篇部分，但丁轻舒一口气吟唱道：

> 而我即将歌唱那第二个境界，
>
> 人类的心灵在那里洗净了罪，
>
> 为登上天堂作好了一切准备⋯⋯

但这悦耳的福音却被替换为诅咒："地狱不在某处，无法在任何方位找到它。它跟随着它的猎物，即使在天堂里，也有人被地狱笼罩。"接下来轮到丁尼生、纪伯伦、鲁米的诗句，以及斯特拉波的《地理学》和伊本·白图泰的游记作品。而我，早已被渎神的风险所慑——可笑的是此前我几乎已被改造成为一个无神论者，不敢再贸然翻阅《古兰经》①。

———————

① 我们应当庆幸奥坎·阿伊德并非一位数学家。否则，任何一本数理典籍中的任何一条定理如若遭到颠覆，其后果可能都比一本遭到篡改的《古兰经》更为严重。在奥斯曼的定本《古兰经》之前，这部经典本就曾有多种不同版本存世，但我们怎么可能设想一个没

　　夏季以降，高温袭人、蚊蝇频犯。我的精神状态不足以承受如此诡谲的阅读体验，除去父亲寄来的一封洋洋千言的家书以外，双眼再未放行一句一字。但异变已然发生，如一个神造的悖论。统览全信，在总体视角下，分明字字不同，但若要按既定排序逐字阅读，便会发现这封携带亲情的魔物中竟只有一字——被重复抄写了一千次：祭。在它的提醒下，我才从妄想中暂时出离，觉悟到父亲已过世许久，信封上的落款必定已遭篡改，被划入了不可取信的幻术世界。

　　疫情迅速席卷了全部书架、文件夹和抽屉，所有典籍、书信、法律文书、日记本、记账簿、印章的凸纹，每一个有字的地方都未能幸免。我在家中从不翻书读报，偶尔驻足街头，也会小心翼翼地低下脑袋，避免看到路边的商店招牌或广告招贴画。我满心以为只需杜绝目光与字的接触，便能抑制这种魔法传染病的肆虐，然而我只不过是一厢情愿罢了。事态仍在恶化，似乎没有任何疆界能规定这头失控的变化之兽。它甚至透过回忆与梦境浸入我的意识，改写我的思想，渐渐地，对于我来说要守住一个稳固的念头也成了极为困难的事情。也许，确切地说，十分可能，这是我写下的最后一篇文

---

有任何定数的宇宙？

章，我的精神将以文字的形式轰然倒塌。我的末日——
那最终的改写发生的日子——即将到来。

接下来，仅仅剩下一个问题：这篇从一定程度上可
被看作遗书的文字究竟有何存在的必要？既然文字已成
变幻不定的魔鬼——无常的集大成者，那么这篇文章
本身亦无法留住其本体，以充作某种证词。我看，终究
不过是多此一举吧！

1968 年 10 月 9 日

# 忆林掘珍

魅阴人是伤口中的居民，他们向来以疼痛为生。

——塞汗·阿赫斯卡

"人自鱼出。男人鱼们以阴茎劈开鱼尾，分出双腿，再挪动它们来到女人鱼面前，俯身下去将其刺穿、撕裂为人。因此在陆地上，男人必优先于女人。倘若有一天人类终将回到水中，更易弥合为鱼的女人则将取而代之，成为复辟的统治者。"这不是，或至少不单是一个创世神话，而恰是确凿的人之历史。

——古辛·泽比尔希

将二位师友的话作为引言，一来为提点自己，必须保证本文句句诚实、字字谨慎，如此才不致辱没与我亲近、受我敬仰的故人；二来也希望诸位明白，对于文中探讨的领域，本人从未深入研究，更谈不上有何见地，除去转述两位专家学者的相关论述（书面的以及口头的）以外，根本无话可说。之所以有此僭越之举，只因深感对于《山魈考》一书的流离与散佚负有难卸之责。况且严格来讲，我所做的，也不过是扮演了一个灵媒的角色，在读者与因死亡而退场的作者之间权充桥梁[1]——在我们的交谈中，二位作者本人也曾隐约透露出这一愿望。然诸位须知，若文中有任何陈词滥调或胡言妄语，一定缘于我，这无能的中介自身的愚昧、错乱与腐朽，应与他人无干。

　　与古辛·泽比尔希的相识，是 1917 年的一个魔法事件——有关会说话的黑猫和暗夜中的飞行。这个倨傲的年轻女人，生就或练就了一种隐匿的、几乎无法被觉察的美貌，她的面容仿佛经过哑光处理，在蝶翼般的颧骨下似乎掩埋了一桩古老、迷离的悬案：由大量的偶然和一个必然构成。我们都曾经是一个沙龙的非正式成员，沙龙的主题是"猎奇"。一帮无所事事的年轻人每周聚会一次，一同打一场东奔西突的精神游击。他们的大脑是一些塞满奇闻逸事和辛辣食物的球体。活动半固

---

[1]　在《博阿兹柯伊楔形文字文献》中收录有一篇祭司致阴间诸神的咒文，波兰学者颇普寇认为其可能成文于赫梯中王国时期。在这篇咒文中有这样一句咒辞："舌头就是一座桥梁。"可见，古人即已断定，就某种意义而言，我们所有的话语都是转述。

定地在一间烤肉店和一间三流的意式餐厅间交替进行，厨师的烹饪技艺与沙龙的讨论一样异想天开、不知所云。直到泽尔比辛退出沙龙的前一天，这个一向沉默的女人才和我建立了一种个体与个体的交流。那天她毫无征兆地在第一道菜上桌前离开，只对凑巧坐在她身旁的我做了交代。所谓交代，其实不过一句俏皮话而已，她说："哦，对不起。我弄丢了我的胃。"作为发起者之一，此时的猎奇沙龙对于她，如10月的麦田，新奇之穗已被收割殆尽，余下的只有被焚为灰烬的闲碎草芥。

　　1917年的我格外年轻，并且格外羞涩，对于来自女人的魅力有种跃跃欲试的畏惧。在她面前我竟感觉到一种危险的鼓励，这个女人像是一个内藏利刃的陷阱，一把夹着花瓣的剪刀，而我，只好将自己比作一只在刃口间陶醉至死的雄蜂。再次相遇时——某种程度上是我策划了这一巧合——我便对她展开拙劣但真诚的追求。为此，我才加入本校塞汗·阿赫斯卡教授招募、组织的研讨小组，并向教授引荐了她，但对于这一目的的羞愧终又让我止步于和她的朋友关系。小组起初的论题与活动是严谨而理性的，甚至稍嫌乏味。古辛的加入却带来了一种另辟蹊径的阴性因素。对于人类学意义的分析论证，和以文献为基础的调查考据，她的兴致不高，但却出奇地成了组内的积极分子和教授的得力助手。曾有组员指责她伪造材料以支撑自己基于幻想的、不可理喻的观点，然而教授却自始至终站在她的一边。他们被同一种疯狂维系在一起，但我需要告诉各位的是，这疯狂从未通往诚实和良知的反面。

出于某种渺小的，针对暗恋行为的自我反动，我曾要求古辛就那些指控向我做出解释。她只淡然地回应："世界本就基于虚构，若我确曾在虚构中虚构，也是为了找出还原的方法。"

她对光怪陆离之物的偏好，在更深的程度上碳化为一种吸附幻觉的潜能，而如教授那类学者，从某种意义来说，需要依赖幻觉而存活。在他们之间渐渐形成了一种牢不可破，且根本不容他人插足的依存关系。如今已不须讳言，我曾为此深感痛苦。

从创立之初直至最后解散，研讨小组从未得到学界舆论的严肃对待。1920 年，凡尔赛的一纸合约结束了欧洲的战事。阿赫斯卡教授携古辛前往法国，在一些小规模的聚会上宣讲他的研究，结果反响寥寥，即便是嘲笑也没有赚到几声。但据说安德烈·布勒东、菲利普·苏波和路易·阿拉贡都在那些最为认真的听众之列。回国之后，教授长期闭门不出，他领导的"影子缉捕小队"也从此被动地沉入地下状态。

有关两位师友各自令人唏嘘的结局，我不想妄言自己早有预感，但也并非没有暗自猜想过。眼见他们和人世渐行渐远，像在奈何桥边上徘徊的游魂，我却无能为力。藏于伊斯坦布尔大学图书馆的《山魈考》初版，按记录应有两本。阿赫斯卡教授当日曾完整抄录第一章，并于其后连续多次抄录其余十章中一节或两节内容不等。但遗憾的是，待到正式获得校方的提书许可，已过月余。往日无人问津的偏门旁类此时却不知去向。教授于馆内搜寻多日未果，只得作罢。即是说，我们的调查所依据的原始材料，起初不过一份残缺的手抄文稿而已。但令人惊奇的突破性进展，却在泽比尔希加入研讨小组之后接连出现。她是一个比子女们年轻许多的母亲，在历史中蹁跹，以循环受孕的方式，生育那些古老而生僻的事物。仿似一名捕风捉影的文献盗墓者，古辛·泽比尔希从不同语种、不同年代、不同领域的文献中，从信件、脚注、引用，从民间传说、歌谣，甚至从道听途说中挖出一堆面目全非的残片，最后竟拼得完形。她以超乎寻常的精神拟态与《山魈考》取得了某种同一性，她的每一个细胞当中都写有一个远古精灵的文字。它们的新陈代谢也为教授的理性思维蒙上了一层神秘主义的迷雾。

　　1922 年，我已是阿赫斯卡教授家仅有的两位访客之一，这得归因于我和泽比尔希之间因陌异感的持存而长期保鲜的友谊。我的身份是安卡拉的一个年轻的商人，与两位故人就一个未来的出版项目做可能性的探讨。那时的我，每晚与一个我梦见的人对弈——这人雌雄莫辨，眉毛长过头发。若是侥幸胜出，便可以在接下来的一天中保住自己的理智。但我棋艺欠佳，胜少负多，可能正因如此，才会斗胆探身于教授和古辛·泽比尔希向我揭示的鬼魅世界。他们那些谜语一般的对话，我不可能完整地理解并记录下来，唯有捧出不可信任的回忆，由得它粗鲁地挥舞手中那把迷惑与错乱之刀，任意处置所有岌岌可危的往事。

　　我记得在一个阒静的 7 月黄昏，阿赫斯卡教授的小书房里，在桌角的蜘蛛和苍蝇即将完成角力之时（闹剧或悲剧？），这对师生之间发生了一段有关灵魂的对话。教授言道："身体是一件武器，灵魂却是一件乐器①。外显的伤痕和内在的轰鸣是它们抄袭世界的手段。"泽比

---

① 塞汗·阿赫斯卡教授的这番言语很自然地使我们联想到古乃利的小说《秘密的决斗》中"提里克"与"难娄"手中挥舞的"贝录"与"异泥"，而前文中厄齐尔先生提及的"梦中对弈"之事，同样可能与《秘密的决斗》中那宏大、血腥的棋局不无关系。以下棋来喻指日与夜、生与死的循环交替，在各个时代、各种文化体系中都并不鲜见。王质在山中观仙人下棋，以致斗转星移仍不自知的故事，在多部中国古代典籍中均有收录；瑞典人英格玛·博格曼导演的电影《第七封印》亦为死神与骑士安排了一次旷日持久的对局。

尔希则回应他："两者之中，灵魂无疑占有更大的篇幅。身体作为夹杂其中的少量插图，它的直观是专为那些无法读懂灵魂的孩童准备的。"在《山魈考》的第二版书稿中，统共有数千条批注，形式颇为新奇。一部分批注被归于"身注"，更大的一部分则归于"灵注"，全书中并未出现两人的署名。不知是由于长期相处以致自然趋同，或是一个刻意迷惑世人的把戏，教授和泽比尔希的笔迹十分相近，我无法区分二者孰为身孰为灵，谁以肉体疾书，谁为精神呼告。

在第五章的某处段落，曾谈及狩猎山魈的方式应依据天时而定。"雨天可施咒，晴天可下毒；云呈鳞片状时可火烧，云呈马尾状时可烟熏；若起动草之风，可取花香铸飘拂之刀，斩之；若起动木之风，可取马嘶炼轰鸣之矛，刺之；若起动石之风，可取泪淬沙为箭，射之。"而附在一旁的一条灵注从第八章中摘下一个句子与其对照，并称之为可代表整章的总结性陈词："子夜时分出生的婴儿身上的汗毛数目是奇或偶，将决定第二日的天气是晴或雨。"由此可以推测，第八章的主要内容大概与气象及卜算有关。

魈阴人观察天地之象，从中得出下一步的行动指南。他们通过蝙蝠和雨燕飞行的高度来判定明日食荤或食素，烤炙或生吃；通过分辨野雉行走的十七种步态从十七种丧葬仪式中做出选择。而扶乩之事在两位学者的探讨中曾多次出现，应不止占用一个独立的章节，而是串联全书的隐藏线索之一。虽似犹疑不定，但教授曾提出猜想，他认为也许《山魈考》确曾负有占解命相的职能，全书实由一百二十一篇卦辞构成。而根据古辛·泽比尔希后来的研究，这样的叙事线索在书中至少还有两条。尽管它们像沙地上白蚁的行踪一般若隐若现，但肯定出自精心设计，其中颇有深意。

其一曰时序。《山魈考》的章节数显然是依照魈阴人的计时系统制定的，而这一系统同时也代表一道包含十一段色带的光谱。可以说，这本书既是一本多彩的历法书，也是一本缤纷的历史书，它容纳和规定了特定的，以及普遍的时间。其二曰天地。魈阴人认为地上的事物与空中的繁星有某种一一对应的关系。《山魈考》一书既涉猎堪舆，亦关乎星相，其中出现的每一个句子都是一个风水佳构，每一个词语都是一颗星辰的名字。书中诸事件，以及魈阴族人的踪迹，虽然可能只散落在地表之上一些无特征的、不起眼的角落里，但在此意义上，却也遍及宇宙。

此外，不知何故，这本书的一字一句，处处透着某种奇特的、悖谬的统一性，即一种统一地取缔统一性的动作、一个潜在的回避条款。在各个章节中使用过的词汇或句式，在其他章节中几乎不再出现，只有极少数例外。而那些从一次性的命运中被打捞出来，再次投入轮回的异类，若深究起来，显然孕育着许多被阐释的可能——每一个都如装满了秘密的蛋壳。为此，泽比尔希曾说道："可以将《山魈考》看作一个隐形的皇帝和他的一百二十一个妃子，即共侍同一谜面的一百二十一条谜底，或是分食同一谜底的一百二十一条谜语。"在她看来，谜语与谜底像沙漏的两边，它们的关系随时可能发生倒转，这一吊诡的辩证基于万物如晶体洋葱般的繁复性与多重性。她曾以第九章第一节中的一句话为例来说明这一观点："只有极少数失眠的男人曾在夜晚发觉，女人的黑发在自己的枕边如波浪般流淌起来。"

古辛·泽比尔希对此表示：魈阴人认为，被我们称为头发的东西，其形成原理与珊瑚相仿。每晚都有无数小虫搬运从人的梦境中开采的黑矿，它们沿着发丝前行——先辈的尸身，一段黑色的历史——行至末梢便无路可去，只得停下来，蛰伏于此，充当了下一段铺路的砖石。关于我们头顶的丛林，可以有多少种命名？在这些名字中，谁占领了实物与经验，谁沦丧为一个比喻、一个存在的阴影？如若非要下一个结论，恐怕永远都嫌为时尚早。

在饮弹自尽前夕，教授曾经给泽比尔希和我分别来信，内容多有重复，不外乎以他惯有的厌世口吻谈些日常琐事。只在论及穆罕默德六世的出逃之时，两封信似以不同的方式，赋予他之后的死亡两种弦外之音。在给我的信中他写道："生者眼中所见，帝国随同那天的落日沉入地下；于死者而言，它却在飞升，他们脚踩天空，地心的烈焰与熔岩是他们的苍穹。一切衰败、腐化，对死亡来说却是生成。我以我的祸患、我的苍白喂养我的死亡，已经太久了，我的疾病强健了死之肌体。时机成熟了，死的政权即将谋朝篡位。"在给古辛的信中，他则作一短歌抒怀："在自我的王国里，真命天子已遭永久的流放；在自我的墓穴中，实心的棺椁伸不进一手一足。生与死两败俱伤，已被彼此完全否定。"泽比尔希告诉我，教授这两段话的出处应为《山魈考》第九章第二节和第九章第十节。这一章讲述了作为一种特殊的反面生命的"死亡"之来龙去脉，其第一节介绍了死的由来，而最末节，即第十一节是不可理解的，因为它所描写的乃是死之死。

塞汗·阿赫斯卡教授死后不到半年，泽比尔希给我寄来那枚教授以之饮下"黄泉之水"的弹壳，之后她便只身前往中国，一去经年、杳无音讯。在我的想象中，她翻越了帕米尔高原、青藏高原、云贵高原，到过塔克拉玛干大沙漠、河套平原，泅渡雅鲁藏布江、怒江

和澜沧江，经万象、金边、曼谷、仰光和加德满都，沿
北回归线穿过印度和整个中东地区，仆仆风尘地潜回安
纳托利亚半岛，最后在我的面前停下脚步，呼出一口混
有风沙、沼气、腌马肉、燃烧牦牛粪的青烟、檀香和酥
油茶味道的空气。然而事实上，一别六年，我们被时间
放逐到情感的盲区，得知她回国后，我竟采取了回避的
态度。在这趟逆天而行的时空之旅过后，古辛·泽比尔
希对《山魈考》再次进行了大面积的增补及修订。在她
给我寄来的书稿中，陌生的、与别处冲突的段落比比皆
是。她为一切矛盾设计了统一的托词："起初只有两个
字——是与否。它们神圣的交合开启了一切。"在她的
提醒下，我留意翻看，发现《山魈考》的第一个字正是
"是"，最后一个字则是"否"。

　　"在中国没有道德可言，那里的道德就是那里的习
俗。中国人多数老得像蔫掉的水果，他们没有牙齿，嘴
巴噘成一个向内吮吸的口型，"她在来信中写道，"但那
块地方正是魃阴的源头，在那里我感觉自己时而是神，
时而是人。"她向我描述过一个在处女的阴部养珠的上
海男人、一个以刀剑为食的贵州老农、一颗结在树上的
脑袋。她讲过一个故事，但那个故事却像一匹疲惫饥渴
的骆驼，一件接一件，卸掉了所有挂在脊背上的情节。
"绝大多数中国人没有名字，然而在他们中独有一人，

他使用所有的名字。"在天津，泽比尔希与这个被人们忘却、搁置于一旁的"独一"相会，他有一张威严的脸——属于那个已倾颓的皇朝——却挂着一副新时代的机器脸谱，鼻孔里喷着蒸汽和西洋人的香水味儿。那个被遗落的故事便由这人告诉她，一个被太阳出卖、被影子追杀的民族从故事中走过，追随最后一个饱含欺诈与残害的尾音遁去，魂归希夷。她用自己掺了羊奶的经血和七只红翼鸫的鸟喙跟他换取了一张奇怪的地图和一个虚实互化的咒语。她告诉我，这条咒文与《山魈考》的第十章可资对照。

　　10 这个数字对于魈阴的世界观而言尤为特殊，它意味着某种温和的凶险。在他们看来，一切有形或无形的序列，在其表面的均匀与连贯之下都隐藏着一道越不过的断崖——这一天堑固守在第十个位置。在一支魈阴人的队伍里，第十个人总会不知去向；在一天当中的第十个时段里，所有人都会消失，世界将被交还给幽灵。1 和 0，一左一右，一吞一吐，世界诸现象便在其中倏忽明灭。但重要的不是 1 和 0 这一组合本身，而是 1 和 0 之间的罅隙。造物神的第十件作品是一个没有边界，甚至没有维度的洞[①]，它非有亦非无，而是如同一道

————————

① 《宇宙志》的编撰者卡兹维尼在他的另一著作《世界奇异物与

行使存在之判决的大门，沟通、平衡着门两边的"有"与"无"。

"《山魈考》的第十章是莫须有之章，言莫须有之事。但它并非一片空白，而是像一只潜在书页以下的文字水鬼，寻找纸外的替身……正确的读法是跳过这一章，否则将遭遇被拽进空无的危机。"古辛·泽比尔希发出了这样的警告。像一则中国人的笑话：一个疯疯癫癫的人在一块空地边上不安地徘徊，反复叨念着"七个，七个"，有路人耐不住好奇，凑上前来观望，结果掉进了陷阱。疯子仍继续兜着圈子，只是嘴里的数字变作了"八个，八个"。真是个悲伤的笑话（与柏拉图在《泰阿泰德篇》中提到的哲学家泰勒斯落井的故事有些相似，但意味却极为不同）！据泽比尔希介绍，已经有九个人在阅读《山魈考》第十章时被书吸进去，而接下来的第十人将面临一个逻辑难题——无与无如何能够

---

真品志》中曾提及这个沟通有无的洞。他转引了另一本已失传的名为《奇异物礼品》的书，称在一个名为"石矴"的岛上有一眼神奇的喷泉。作为宇宙的象征物，这眼喷泉没有来源，我们只能看见不知从何而来的泉水喷向没有尽头的高空，泉水下落之后多数都坠入一个不知通往何处的洞中，极少数洒落在洞边的水滴，则化作或黑或白的石子。白色的石子便是白昼，黑色的石子便是夜晚。爱尔兰诗人威廉·巴特勒·叶芝在神秘主义作品《幻象》中同样也曾提起这个洞，他将之称为"螺旋"，并且指出，这螺旋存在于每事每物当中。

叠加？也许这一次，中伏之人将因这一尴尬的互否，不断消失而后复现，永无休止。

毫无疑问，塞汗·阿赫斯卡教授和泽比尔希本人都是《山魈考》第十章的九个猎物之一，至于字与纸这对黑白无常究竟摄去了他们的哪一部分魂魄，那便不得而知了。去中国之前，在点评一则有关黑海地区森林遭砍伐的新闻时，泽比尔希曾经引用据她自己介绍，属于这幽冥之章的一个句子："山野间充斥着石头与木头的喧嚣，多数情况下它们不愿被人听见——出于身为静物的羞涩。倘若你使它们倒地并尖叫，须知那实为它们咀嚼你魂魄的声音。"而在一次下午茶时段的闲谈中，阿赫斯卡教授也曾告诉我一个出自第十章某节的典故："在原野上过夜的少女是死鬼的克星。每到清晨，她们盛满露水的肚脐中，都漂浮着无数溺死的游魂。"虽不可能顺推整章内容，但不难看出这两段文字的共同点：均与荒僻的野外环境及鬼灵精怪有关。而我从未亲自阅读第十章《山魈考》，非因迷信，仅是未读、偏是未读，说不上有何理由，仿佛目光总是会在中途转向。

如若第十个果真被跳过，被视作空的话，原本的第十一个便就此顶替了它。所以《山魈考》的第十一章，这完结之章，也同样遭到无与无交叠导致的循环沙化——完结仅仅作为一个动势，无法真正到来。一旦有目光探入其中，便会搅动这个消逝与生成的涡流。而这个在纸上转动的文字陀螺也只是一副外壳，它的内在像一只长满黑斑的软体动物，其形体具有根本的不确定性。泽比尔希曾发现这样的现象：她无法确知这最终章的字数，甚至其中每一节每一个段落都是不可计数的。它们每时每刻都在变动——伸长或缩短。在反复对《山魈考》的各章各节进行整体和个别的细读之后，她察觉第十一章的每一字每一句均可能在任意时刻出现在其他章节的任何位置，它正如一抔流沙，在字里行间渗进漏出。

　　泽比尔希还告诉我，《山魈考》的最末一章以古人或巫人的口径预言了魃阴人的命运："他们像一堆行走的灰烬，消散在漫天的尘土中。而时至今日，他们的心脏还在大地之下跳动。"写到此处，不得不再重提古辛自中国带回的那张图纸。我并未亲眼见过它，但从她的描述中，可约略知其概貌——她断言是魃阴人绘制了它，描画的正是他们在其中活动的地区。与其说是一张地图，不如说这是一副被压扁的、为天空塑形的模具，它并非以鹰一般的俯视角度扫描地表，而是仿若一个地下人在仰视头顶的一切。树林被表现为一个复杂的、相互纠结的根系，山峰则是倒置的锥体。"这张地图是为影子准备的，"泽比尔希写道，"人将头颅伸向天空，影子则探入大地。魃阴人理解的生命是黑色的，他们按照日升月落的节奏在世间伸缩。"

在本文的最后，我想对《山魈考》的残落做一点无力的辩护。小包含大、一包含多，在一颗细胞中可见整个宇宙。在此意义上，无所谓完整与否，《山魈考》中的每一个字都是《山魈考》的全体。而若将人的历史视为一本大书，则无论意外遗失的、人为焚毁的，或随同主人一齐被埋葬的，一切典籍的失传便更不足道了。它们的物质形式湮灭了，但仍保存在人们泛符号化的行为和思想中。在人世的书架上，每一个人都是一本极秘密的经典，一本肉质的圣经。他们自己养育自己、教化自己、统治自己、蛊惑自己、跪拜自己、屠杀自己、放牧自己、饲养自己。最后，他们书写自己。

詹苏·厄齐尔

1962 年 11 月

# 魔鬼在人丛中打着响嗝

（《山魈考》第二版序言）

你看到一则蹩脚的序言跌倒在地，但由于对它臭名昭著的无赖行为早有耳闻，你拒绝把它扶起来。天啊，它冲你惨叫：犹豫什么？伸手搀扶一位落难的老人家莫非会叫你大祸临头吗？

——《堂吉诃德》首版序言遭删减部分

本文引言尽管罕为人知，但确乎无疑出自塞万提斯之手。虽则作这一番引用，招致嘲笑和争议是无可避免的，所幸我久已习惯，并未稍惧。此举除向这位非凡的作家以及他所创造的那位文学史上最伟大的游侠和精神病患者致敬以外，还有更为重要的原因。耐心地读完本文，读者自会明白。

从幼时蒙第一道意识之光照拂额头的那天起，我便深知，人因直立于地面，得以与自己的影子组成一个纵达天际，横至两极的坐标系，所有神秘的事物便在其中获得了一个存在的维度。《山魈考》是一座文字搭建的海市蜃楼，虚则虚矣，但在某一处地方必留存着它的实体。这本没有作者的书，正像一个没有手的手势，只在虚空中留下一道无形之迹。我早早地知觉到它，但更加知觉到要掌握它之不能。长久以来，我思之想之，执卷默等天授机宜，仿佛在我们之间存在一个秘密的承诺。我在辞藻的丛林中踽踽独行，甚或去口头世界的浮光掠影中冒险——那里布满谎言栖息的沼泽——却欲入彀而不得。寄身于文字中的历史，其虚矫与缥缈，正如在一场迷梦之中为霜雾所催，坠落了满纸的黑蝶。所谓人，充其量不过是百年一响的节拍，文明、战争、王权、社稷、城市、乡村，全部混在神灵降下的一阵蒙蒙细雨中（神不以水滴造雨，而是以这种倨傲的、直立行走的音符），点点滴滴、前赴后继，哗噪几刻便退去无踪。

然而，生活本身既是病状也是良方，既是谜面也是谜底。一切柳暗花明，终又现身于历史昏厥跌倒之处。在 1919 年秋季以前，对于《山魈考》文本的外围研究未取得任何实质进展。那时，我整日在图书馆中漫无目的地翻看世界各地的人类学和地理学文献，像一个生物学家或地质学家，孜孜不倦地膜拜那些纸上的蚊蝇化石。一个朋友的无心之举，将我从枯燥而无效的愚行中解放出来。那是一个叫作袁石山的中国留学生，他自称是四年前被推翻的中国皇帝袁世凯的私生子。作为一个追求者，他从未打动我；但作为一个同时身具民族性和超民族性的异国学人，他赢得了我的尊敬，并且向我展现了他所属人种的特殊魅力。在听过我对于这本奇书的介绍以后，袁石山告诉我一个曾在中国广为流传的故事——其作者据说是数学家祖冲之：一种形如木棍的奇怪生物多次偷食一张渔网的网中之鱼，终被渔人以这同一张渔网擒住。在哀求无果后，这怪物连连询问渔人的姓名，但渔人拒绝回答，只将其混在几根木柴里焚化了事①。我的中国朋友继续解说道，人们称这邪物为山

①　这则来自中国的故事，其命运与《山魈考》一书同样扑朔迷离。公元 977 年，宋太宗赵光义命李昉、扈蒙、徐铉等十四位学士共同修编了一部古代小说总集，名曰《太平广记》。全书共 500 卷，仅目录便有 10 卷，分"神仙""女仙""方士""道术""异僧""鬼""妖怪"等部。其中，妖怪部卷二收录了这则有关山魈的故事，称其出自南朝故事集《述异记》。而在南朝典籍中名为《述异记》的共有两部，其一作者为祖冲之，其二作者为梁任昉。祖冲之所著之《述异记》早已失传，后人在整理《太平广记》及其他典籍中号称引录自《述异记》的故事时，只得将无法在梁任昉版《述异记》中找到的篇什归于祖冲之的名下。所以，这个旨在说明人与其名的依存关系和寄居关系的故事，本身就遭遇了"名不副实"的危机。而山魈以名伤人的秘术让人不得不联想到在《西游记》三十三回"外道迷真性 元神助本心"中出现的法宝紫金红葫芦。值得注意的是，被妖魔唤到名字，只消应声，便会被这黑洞般的葫芦不分青红皂白地吞进腹中，即便那名字是临时捏造的假名，是别人的名字，也概莫能

魈，但这并非它的名字，而是借自另一种稀有的动物。被它知道了名字便意味着受到诅咒，因此它绝不能拥有——若已然拥有则必须忘记——自己的名字。或许那名字的真正主人——名为山魈的灵长类动物，正因这一致命的张冠李戴才濒临灭绝。

　　这个故事近乎完满地解答了我对于本书的几个费解之处。若不将之视为无意义的巧合，而是予以接纳的话，那书中所述一系列捕猎行动的对象便可统合为一。即那神出鬼没的、那身体细长如木棍的、那能作人语的、那善于施咒的、那以影为食的，应为同一物的诸般

---

外。小说的作者，那位明代小说家借这个情节质询我们：名字确有真假乎？何为真，何为假？吴承恩、恩承吴或承吴恩，哪一个更真一些呢？诗人保罗·策兰曾写下一句精确但多余的警句："名是实的访客。"如今，访客接踵而至，却是有进无出，可以预见，主人总有一日会被挤出家门，成为孤魂野鬼——一个形而上的尤利西斯的故事。在古埃及神话中，创造一切的太阳神拉受到生育女神伊西丝的胁迫，对她透露了自己的另一个隐藏的名字，就此被她夺去了无与伦比的神力和至尊神的地位。可见神灵都有不止一个名字，好比狡兔三窟，他们会将自己的力量、智慧和生命分置于不同名字的荫蔽之下。或许，每一个名字的容量均有定数，名字越多，也就越强大。《圣经》中以七个不同的名字称呼上帝，而科幻作家阿瑟·克拉克则说，那个我们根本无法感知、无法理解、无法揣度，更不能直呼其名的至高存在，他的名字共有九十亿个（见阿瑟·克拉克的小说《神的九十亿个名字》）。

特征，人因具有为一切命名的习性而被它视为天敌，它的沉默、隐蔽与多变只为避开如流弹一般飞袭而来的名字。从此，我将研究方向转往中国，这为我招致了许多非议，即便是塞汗·阿赫斯卡教授，起初给予我的与其说是支持，却不如说是同情和有所保留的放任。我常被指责为过于武断，然而犹豫意味着理性的死角，是最温和但也最固执的矛盾形式，是本质性的——连性交也是一种犹豫，在欢愉与痛苦、羞耻与神圣的两难中，肉体与肉体举棋不定——我的坚决也许非但不是对它的胜利，反而是对它的逃避。

被暴露、被孤立的处境倒使我得到了一些意外的好处，它令我成为一个在无人到访的绝地献身于瘟神的女萨满，获得了某种跨越或模糊东方与西方的特权。我虽身处土耳其，却仿佛可以用双手分别触摸世界的此岸与彼岸，尽管这一说法建立在一种并不可靠的灵知体验上，甚至多数是在一种怪力乱神的意义上。梳理《山魈考》与其他文本的雷同部分使我们随后的一切调查有了基础，而这一类的发现，是从——在袁石山的帮助下——阅读中文文献开始的。

《楚辞·招魂》有诗句：

*魂兮归来！东方不可以讬些。*

长人千仞，惟魂是索些。

十日代出，流金铄石些。

彼皆习之，魂往必释些。

归来归来！不可以讬些。

在教授抄录的《山魈考》第六章第九节中则有这样的段落："这异物的身体是一只藏影之弹匣，它懂得利用斜阳的角度，将阴影掷出千丈之远，鞭袭那遭灾的魂魄，将其敲得粉碎[①]。"这千仞高的东方长人，再加上祖冲之的山魈故事，使得这些即将付梓成书的文稿自然而然地在我这里取得了一个中国背景。以我的经验来看，巧合往往更接近本质，或者说，更接近某个不可理喻的神的旨意。很快，我在《山海经·西山经》中看到如下文字：

又西百二十里，曰刚山。多㭁木，多琈珲之玉。刚水出焉，北流注于渭。是多神魈，其状人面

---

① 中国晋代学者干宝在其著作《搜神记》中记载了一种叫作"蜮"，又名"短狐"的动物，称其会口含沙粒喷击人的影子："所中者则身体筋急，头痛、发热，剧者至死。"其与《山魈考》中的这段描写颇为近似，均将影子视为可以伤人，亦可被伤的实体，将人的存在当中某些无法见容于身体的关键成分归入了阴影的领域。

兽身，一足一手，其音如钦。

对于《山魈考》第三章第二节的内容我再熟悉不过。其中同样有对于一手一足的怪物的描写："一旦运动起来，它的手和脚便都合而为一。像一个永恒的侧面，它在猎人的注视下跳进它自己制造的黑夜，一路撒下如病弱者一般悲苦的呻吟。"我的中文进步越快，发现便也越多。离开了袁的支援，我借助汉语词典，从司马迁、陶渊明、干宝和张华的著作里挖出了若干蛛丝马迹；再之后，除少量生词外，当我几乎已能独立读通对多数中国人而言都显生涩的古籍之时，从玄奘法师的《大唐西域记》、段成式的《酉阳杂俎》、徐铉的《稽神录》、沈德符的《万历野获编》以及张岱的《夜航船》中又有所发现。

然而，很快我又像一头瞎了眼的母山羊，被意大利人马可·波罗从东方牵回到西方。《马可·波罗行纪》第五十六章有云：

然有一奇事，请为君等述之。行人夜中骑行渡沙漠时，设有一人或因寝息，或因他故落后，迨至重行，欲觅其同伴时，则闻鬼语，类其同伴之声。有时鬼呼其名，数次使其失道。由是丧命者为数已

多。甚至日间亦闻鬼言，有时闻乐声，其中鼓声
尤显。

读者可于《山魈考》第五章第二节找到极为类似的
叙述。在此之后，更多的碎片从托马斯·布朗爵士、叶
芝和福楼拜等人的作品中接连闪现。仿佛已不是由我抛
出意图，从书本中捞取渔获，而是它们自行跃出，咬住
了我的阅读之钩。这些或多或少与《山魈考》发生关系
的著作，创作时间有些在其先，有些在其后，似乎这本
书成书于对过往经典的引用和篡改，之后又被其他作者
以同样的方式盘剥利用了。

如此一来，研究似乎只剩下一件可做之事：核实并
列出一张反映书与书之间承启关系的表格。但我认为，
即使这本书的作者果然曾读过不同时代、不同语种的上
千本著作，更加难以置信的是分居世界各地的众多后世
作家竟也都对这本籍籍无名的书有所借鉴。明知自己必
遭耻笑与攻击，我仍决意以我的笔尖、双唇，恭迎一个
神话的降临——或许这本是一次回归：这世上所有的
书都堆积在一起，便如两座庞大而洁白的纸山。一正一
反，两个锥体的顶角针锋相对，将《山魈考》夹抵在当
中。翻开这本临界之书（在更为宽泛的意义上，书本身
便是临界之物，作为一种文字的劫余状态，被思想知

觉到。一本书，从问世之日起就已注定将遭遗落，但失传亦非消亡，而是用"曾经"这个词对其存在的再次强调），便等于拔掉了一个塞子，字与字相互倒灌，泥沙俱下。不妨就将《山魈考》理解为书面形式的时间和空间——与在时空中被接纳为实在的万物相比，文字的特殊之处仅在于它自己是黑的，影子却是白的——古今中西的互通与互化，同一性和差异性的对质与对流在其中得以实现。

塞汗·阿赫斯卡教授的离世，于我是一次极端的托孤行为。我在袁的陪同下前往中国，起初只想从诗人那里学习流亡的技艺，以期走进与死亡同质的陌生，而无知和日常语言的失效却使我更加深入和顺从自己的本能。在此次东方之旅的行程中，我对《山魈考》进行了大量的增补，甚至对于教授的抄本，也改动了几处细节。而这种修订此后再未终止过。对于可能的错漏之处，我并未百般纠结，只是深切感觉到，书在向我表达一种流动的需要（对于这种状况，《山魈考》一书并非孤证。《摩诃婆罗多》有无限多个版本，《圣经》或《荷马史诗》绝非某个特定的年代由某个孤僻的作者独自完成的。书本不是一具分页的棺木，作品不甘于封闭自身，对于推促生命代谢的外力，对于野马和尘埃，必定是欢迎的），它租借了我的双手，举起我自己，像举起一块有体温的石头。我被掷进了神秘，成为芝诺悖论的一个现世样本。

在中国，我曾经想以之作为本文的标题：《在中国》。在我之前，数不清的欧洲人、美洲人、日本人、印度人，甚至月球人到过这里，但我仍坚持"在中国"这一体验为我个人所独有。我和袁一起，漫无目的地走访了这个臃肿的、打着呵欠的国度，像两个幸免于梦的人，在睡鲸的棉麻宇宙中深一脚浅一脚地跛行。我们向酒鬼问路，与乞丐和妓女谈论东方圣人的处世之道，仿佛他们每一个都是一片古老历史的结晶。一路走来，遍地残垣。人们躺在发霉的床铺上，嘴角挂着口水——一道梦呓的瀑布。这大而无当的嗜睡者掖在枕下的星光，在我们的脚下粉碎成盐。

皇帝名叫爱新觉罗·溥仪，我们与他在天津会面。那一天，当袁告诉我坐在我们对面的年轻男人身份如何尊贵之时，他将一口茶咳在了自己的领口上。龙袍已被玷污、被撕毁，宝座被落在了臣子们无法朝觐的远方。他仿佛有意要和我们谈论一些厌世的话题。"知道我为什么会见你们吗？陌生人，"他说，"因为我每天都盼望着被人行刺。"袁认为向一个被罢黜的中国皇帝打听一本书是绝妙的主意。出于特权需要，朝廷搜罗以往所有的书籍，除去某些对于政权而言可判定为敌对的思想之外，这些著作多少都在御书房里留下过一方踪迹。"在这个国家里，数他知道的故事最多。"袁这样告诉我。

对于我们的提问，皇帝沉默良久。我注视他，想从那对忧郁的眼睛里打捞一尾露水凝结的金鱼。然而，在打过一个鸦片气味的瞌睡后，他的眼中却泛起一颗麻木的泪珠，滴落在发光的鳞片之上，散作一阵迷茫的青烟。片刻以后，他扬眉侧目与我对视，乌黑失色的瞳仁就像两颗熄灭的心脏。以下是他给我们讲的第一个故事。

"两百八十年之前，我的祖先率领一支大军，由山海关守将吴三桂接引入关，击败了刚刚推倒明王朝的反王李自成，建立了大清国。这是众所周知的故事。而在我们皇室内部代代相传的版本，细节就更为丰富了。

"在向山海关进发的当天，前锋营派出一支先遣部队，他们连夜加急行军，却在关前遭遇了另外一队人马。冲在最前方的战士被一簇箭矢射中，仿佛一只雏鸟在一瞬间长出了满身坚硬的羽毛。队伍的指挥官当即判定情况有变，立刻摆开阵势予以回击。这支精锐之师训练有素且身经百战，胜利是再自然不过的，但奇怪的是敌人似乎并未抵抗，我军伤亡人数为零。连那个最早中箭的士兵，此时竟也恢复如初、毫发无损。

"接下来，在清理战场时的发现令这群勇猛无畏的战士感到恐惧。原来，那些倒毙在地的空洞的皮囊全部是他们的复制品，有和他们一样的外表，从手背的小疤到耳底的黑痣，一切细节都精确无误。那个夜里，他们跪在那块因鲜血而肥沃的土地上，发出世上从未有过的、最为痛苦的哀号。然后，人们纷纷扛起另外一个自己，丢进尸堆里付之一炬。据说，从当晚的灰烬中长出了一种会尖叫的花，它的花蕊是一些透明的、虫卵似的小球。如果凑得足够近、看得足够仔细，可以看见里面连着脐带的胚胎，个个大张着嘴，面容扭曲可怖。在你的书里，也有写过这样的怪事吗？"

"有，"我回答他，"书里说生命是一个圆，同时还附有一句忠告——也许是一个脚注，'不要跑得太快，你可能会追上你自己，到那时，两者必有一死。'你们的那些战士，他们的绝望不只因为杀死了另外一个自我，问题更在于他们并不敢肯定活下来的究竟是哪一个。"

"在一本书里，总是事先写着它自己的毁灭，描写火的将毁于火，描写水的将沉于水，"他说，"每一本书都有一个不变的有关毁灭的主题——它自身的毁灭。但书绝不悲观，悲观只属于人。"

"而我的这本书里，只有时间。"我说。

"嗯，一切。"他纠正说。

对于魃阴族的事迹和《山魈考》这本书，他显然并非一无所知，但起初却不愿多谈。我们沉默良久，红墙上的挂钟像一头手足向内生长的圆兽，嗒嗒响地咀嚼着空气。讳莫如深地、狐疑地，他的目光垂落到桌上。那上面的茶渍与裂纹描画出一幅被他弄丢的帝国版图，几亿个人、几亿只鸟和数百万只猕猴在其中行走、跳跃，发出细不可闻的喧嚣。"失去这个世界，这不仅是宿命，更是我们为之而活着且必须完成的任务。有一群人，他们很早便从他们的先知那里得知这一真理，"他终于开口说道，"我不会将他们归作某个民族。作为一种范畴的民族，它的界限是模糊的。"

"这群人居无定所，成日漫游，不断有人从群体中脱身而出。他们的队伍像一颗泡在水中的糖，越来越少，直至完全消失。这种统一的流放和逐个的离散只为避免和另一个自己相遇。他们大概以狩猎为生，个个身背一种草编的箭囊，据说这种草是用处女的经血灌溉而得以长成，装在里面的箭支具有生殖的功能——某些以疼痛为生的动物将在伤口中孕育。他们也许崇拜或者仇视乌鸦，因为他们称之为食光鸟，相信它们能以光线为食，若是群起攻之，便足以吞噬整个白昼。"

"魃阴?"我说。他把手伸向我，微微一晃："不对，这不是人的名字，它只属于魔鬼。"

　　我们中从未有人与神相遇，但对于魔鬼，谁也不会感到陌生。我深知这一点。这个魔鬼群落曾经与爱新觉罗氏的祖先颇有渊源。女真人创建的大金帝国在十三世纪被蒙古铁骑摧毁，焚烧尸体的浓烟半个世纪以来凝聚不散。魅阴人便如循着鬼魂的气味而来，凭空出现在啸聚山林的女真遗属之中。完颜氏的神巫从一面有预言能力的镜子中观察得知，魅阴的灭亡与女真的复兴将在同时发生。他们收留了这些流亡者，与他们分享食物和土地，将农耕与渔猎的收成双手奉上，供养他们，监视他们。至于这些魅阴人的下场究竟如何，从这个预言大概也可以猜测得出。

　　皇帝告诉我们，这些女真人的老邻居们将某种他们深信不疑的可怕咒语称为"魔鬼打嗝"，或许在某个命中注定的时刻，他们一齐听到了这个终结一切的声音。

　　据说无论在此前抑或此后，都曾有少量魅阴人与汉人混居。有与之相熟者，从北宋画家张择端的《清明上河图》中找到十七个魅阴人，而元代画家王蒙的《太白山图卷》里也有一名垂钓者的样貌中有鲜明的魅阴特征。我对中国画相当无知，于我而言，他们将一切事物都画作两样东西：云和烟。告别的时候，我从溥仪手中接过的卷轴展开来也是这样一幅烟云密布的谜之图纸。地图的绘制者是女真与魅阴的混血，此人获准与魅阴部族一同迁徙，又依靠九十九只信鸽的脚力和他的另一半血脉保持联系。按照图上的指示，我与袁一路风餐露宿，来到军阀和盗匪飞扬跋扈的贵州苗岭。我们雇用的脚夫在山脚下、密林前纷纷望而却步，最终走得一个不剩。后来发生的事不仅决定了我和《山魈考》的命运，还将袁推上了驶往西方的渡船，使得他过早开始了在冥河之上的无尽漂流。

　　在这里目睹一切苦难的奇观，使我相信，无论哪一种优越的文明，都必有一拨食人的祖先。我们沿着那些陈年鸽粪的遗迹一路朝西北方向前进，在甘肃省张掖县看到赤身露体的孩子将树皮草根混着烂泥吞下肚去，在嘉峪关前亲见人们布设陷阱捕食自己的同类，两个瘦得近乎骷髅的男人为争夺从第三个男人的胯下割得的睾丸而拼得同归于尽。他们的残肢又被人割取，将热病和瘟疫传到某个放纵食欲的人的血液里。在新疆哈密我们两度遭遇马匪的阻截，亏得袁的枪法精湛、机警过人，我们才得以侥幸脱身。但在这厄运之国里，厄运终究避无可避。我们在南疆巴楚一带撞上一名精悍的独角盗。在世间另一座风沙织就的克里特迷宫的中心，他就像一个有两种面目的米诺陶尔（牛头人身的巨型蜘蛛），方才慈爱地抚摸过邻家顽童的头顶，转过脸却对我们和另几个外来的生人显出凶神的真容。袁与这个异族刀客殊死

搏斗，血珠在他们手中的马刀锋刃上滚动，像野山枣或
红葡萄。胜利者不是我的朋友，他就像一盏灯一样熄灭
了，或者我还可以说，生命把他像一件旧衣服一样脱掉
了。凶手洗劫了我们赖以果腹取暖的生命物资，却未伤
我分毫。他彬彬有礼地以滑稽又忧伤的腹语和我交谈，
眨动着双眼，发出与袁一模一样的嗓音。他丢下刀，抱
起一把沙塔尔为我弹唱了一段恰尔尕，唱词里有上百对
情人的盟誓、十七种虫鸣，还有一个黄昏和另外十段更
长更美的唱词。他告诉我一个名字，但我无法复述它，
那读音像用斧子在剁骨头。

　　那以后，我独自在这片赤贫大地之上漫游，携带
着书稿、地图和无数种死亡的可能。渐渐地，书与图和
我的双脚产生了某些关联，就像一个人对自己的家太过
熟悉，自然而然地在脑中便有了空间和建筑的截面、剖
面和布局的各种图示，书、图和地面对我而言已浑然一
体①。文字与实事，符号与现象的界限不过一条模糊的地

---

① 　泽比尔希女士最终走进了为她所深爱的书里，对于这种体验，
各位读者应该也不会陌生。在我们的童年，谁不曾神迷希夷，魂游
象罔？那些不眠的夜晚，我们都曾在自己的枕边打开那条秘密的通
路，借着灯光潜入专为我们而设的纸中秘境。有时我们也会发现另
一种反向的运动：让老哈姆雷特的鬼魂急匆匆地离开他的儿子，离
开艾尔西诺那座岬角城堡的，不仅仅是黎明的曙光，更是一种身不

平线，可以被任意一个夜晚一笔勾销。我走魁阴人曾走的路，而那条路正是被我揣在怀中的《山魁考》，我最终得以回到土耳其也只因书中早已写明这一点。在这条可以读的路上，死亡的威胁令我高度敏感，对于神秘的领悟无所不在。我与书里写过的每一件事相遇，它们有时是另外一个时空才有的陈设。我根据新的见闻修改历史与故事，只因深知随世异时移而变化本就是书籍存留于世的方式。

---

由己的自觉，那两行宣告退场的文字，就是拘役他的阴司；乡绅阿隆索·吉哈诺之所以从幻梦中醒来，在临终前痛骂他曾极力推崇效仿的骑士小说，只不过是因为借着终局落幕前的最后一瞥，他看清了那些闪闪烁烁的窥探的目光，知道自己本就在小说之中：一本讽刺小说，主角是一个无可救药的浪漫主义者；当盖世英雄毗湿摩跌倒在箭床上，任由天空像一块蓝色的纱巾，轻轻扬起，掩住他魁伟的身躯，他的脸上带着欣慰的笑容，因为他早已等待着这一终结，并且深知，杀死他的不是束发或者阿周那，而是那些充当坟墓的诗句。法国小说家马塞尔·埃梅写过一篇名叫《小说家马尔丹》的故事，故事中，一位小说家笔下的人物纷纷前来拜访他，就自己的命运与之进行探讨，并对其提出修订的要求。自然，我们可以设想，这其中还包含一种并未在文字中得到呈现的对峙，即名叫马尔丹的小说和名叫马塞尔·埃梅的小说家之间的对峙。马尔丹在不断被迫修改人物的命运时，也在呼吁埃梅对他的命运做出修改。那么埃梅呢？他是否也曾试图质问那处于更高维度的他自己的创作者？当然，作者的焦虑只会光顾少数的心灵。就我们日常所见，在书的僭越现象当中，作者往往是缺席的。

　　在路途之中，尚有各种小径、走廊、桥梁、隧道和秘穴通往其他的书和其他的路。我不再辨认方向，任由自己在中国西部和诸般章句中打着转。我读过的一切，那些被记载和被虚构的，都成为被亲历的事实。我在某个被暗杀的财阀（此人竟然名叫阿古利可拉）的葬礼上，看到传记作者塔西佗的侧影；与塞万提斯在鬼画符马步英的地牢中相遇，又在阿拉木图与他的堂吉诃德并辔而行；在青海湖沿岸，我将《聊斋志异》中的鬼怪故事讲给山东人蒲松龄听，又与印度的罗摩在山林中结伴同行，与背负尸体的查拉图斯特拉擦肩而过。我最终返回的土耳其，首先是一个书中的土耳其，是拜占庭与奥斯曼的传奇，是惨遭灭顶的赫梯帝国，基督教与伊斯兰教的先知在安纳托利亚的土地上用土耳其语布道，毁灭的特洛伊城在我的脚下和纸上重建，海伦的绝世美貌在城头依稀可辨。我已经无法从文字中突围，只有在书的完结之处借由它所宣告的死亡才能结束——对于我来说，这是一个愉快的约定。

　　以下便是我所发现的有关《山魈考》的秘密：这本书并非写在任何一种纸张上，而是写在人类散居其上的地面。魃阴人躲避的是影子，追随的也是影子。影子就是地上的字，魃阴人走到哪里，《山魈考》这本书便写到哪里。随着夜晚降临，字与影一道逝去，又在黎明的微光中现形。魅阴非但从未消失，他们散去如尘，实际已悄然占领整个世界。至于食影的山魈，这名的天敌、字的杀星，虽不能亲眼观其真身，但显见在任何一次文明的劫难中都飘荡着它的幽魂。前者立字为据，后者便粉饰太平，他们彼此追击、你争我夺。孰胜孰负？从手上的书卷中，读者诸君自能找到答案。

　　　　　　　　　　　古辛·泽比尔希

　　　　1929 年 3 月 写既已告罄、读亦过大半

# 轶事与释疑

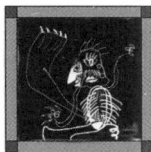

神啊，赐我以疯狂，只有疯狂才让我真正相信自己！赐我以谵妄和痉挛，电光和浓黑，骇我以凡人未曾经受的严霜和烈焰，让我在咆哮声和鬼影中哀号，并像野兽一般爬行：只有如此我才能真正相信我自己！

——尼采《朝霞》

向晚幽寂，一灯如豆。在额下闪动的眉目，如两介扬起黑帆的琉璃小舟在过往的时光里随浪轻摆。此刻，我观看着亿万年来不断被重演的一幕远航的戏剧：影子的巨轮从窗前经过，世界在寂静之海中沉没。夜啊（但愿我能在你无边的凉荫中得到永久的休憩），这薄如蝉翼的压迫，这无差别的浮动，它教会我一种阴间的语言，我虽在人世中无法使用它——要说出这种语言，首先得要学习永恒之沉默——却也通过它结识了那些文字背后蠢动窃笑的幽灵。我并非有意在此剖白自我，但往事交织成一张比天空更大的蛛网，笼罩着言语的必经之路。我无法不谈及它们。

许多年来，除去案上灯下这叠文稿，再无其他，可佐证我那快要被云雾隐去的、亟须被托付于某种记载的大半生。虽则如今，对于它我只觉厌倦。昔日同僚，甚或亲友议论我舍尘世，恋邪行，避之唯恐不及，在他们看来我无异于妖魔附体。人们携带谣言制作的玻璃手枪，随时用讥讽发射镂空的子弹。只要我尚在天地之间站立着，便只得日日迎接他们以自己的过度悠闲为由对我施以的中伤。《山魈考》对于我，是一个地名而非书名。这是一个"流亡者的独立王国"，我因已不被人世所乐见，这才获准居留其中。

本人自幼读书，后勤学不辍。字在纸上，便似一片表演二维哑剧的苔藓，而我可算是在头排落座的一个自视颇高的观众。所谓河图洛书、归藏连山，自有周易洪范作注；《伏尼契手稿》更不过只是一场符号的化装舞会，终有一日，时间会卸下所有用于伪饰的假面和油彩。但较之我以往的其他研究课题，这本原名为《吮吸黑色骨髓》的书却显得尤为难解。

这样一部著作出现在十九世纪，首先便给我们预设了一个时空之疑难。将之诉诸一道划过几十年光阴的视线——那时的世界既野蛮亦文明，既丰满亦贫瘠——尚未有一套文化语境能将之还原为钟表的倦意或一辆满载逝者的列车，也许只能采用一种表达：它不属于我们，不盛放我们的生活，也不为我们特意保留似昨夜宿梦般的感受之微末。一句话，二十世纪的牙齿沾不到十九世纪的食垢。但仍不足以说明此书何以予今人一种似假似真、非远非近之感。曾经尤其困扰我的，并非一种彻头彻尾的陌生，而是如火星般时而闪现的熟稔与亲密。

将魅阴与《山魈考》联系在一起，并非我本人的创见，而且也难说深思熟虑。我的一个德国朋友（我不打算在此公布他的名字，他从未在学院中供职，但却配得上任何学者的信赖与尊敬）启发或鼓惑了我，那是在我旅居柏林期间一次花园凉亭中的午后闲谈。

"与其说人的灵魂在眼睛、心灵或者大脑中，倒不如说它更可能位于人影当中。"他俯视地面，悠悠地说，"因为这两者似乎是同质的，皆为一团飘忽的'微暗之火'，更易于彼此交融。"我附和道："两位影子专家——麦克白和柏拉图先生——如果今天也在这里，想必都会赞赏您的观点。"随后他便向我解释，原来这一说法出自他近期颇有兴趣，并做深入了解的一个古代民族的谚语："我与你，就像魂魄与影子缠绕在一起，不可分离。"而有关这一民族，本就相当单薄的记载至那跛脚驸马帖木儿的时代便终结了。我与他交换了《山魈考》中与这一谚语相近的若干意象。本属无心，但一番详聊下来，两相吻合之处甚多，几乎可以当场断定在我们的研究之间必定存有重大关联。

我这位朋友的一个年轻后辈适时造访，此人名叫瓦尔特·本雅明，据我看来称其为天才并不为过。他和我们谈起他的一个异想天开的计划：完全以引文创作一本书，书里的每一句都可以在其他文献中找到出处。在场的两位年长的听众对此持有不同看法。起初我颇不以为然，质询他如此这般意义何在？创造难道不正是作家的天职和唯一使命吗？我的朋友却对他大加赞赏，称这一构思触及到了语言的本质，具有终极意义。"音阶或数位进制都暗示了世事螺旋上升的循环态势，"他说，"文字作为一个庞大但有限的集合，重复不但无可避免，更是其根本规律。无论是否愿意接受，每一本书都出自引用，不仅引用过去，也引用未来。那个备受珍视的作者身份最多不过是一个可以替代，甚至可以忽略的编者而已。"

"引用，"本雅明说，"这便是构建世界的基本方法。每一株灌木，每一块卵石，都来自另一株灌木和另一块卵石。种子里潜藏着一切已有的、既成的生命形态，一旦栽进土里，春华秋实，从生至死的引用就开始了。一个人和一段历史，总是另一个人和另一段历史的副本。"

　　话题一旦出现这一偏移，便如给摇摆不定的天平加上了一个具有决定性的砝码。我们几乎同时想到，或许这本书不是（像我原先所以为的）一本十九世纪的神秘主义著作，更非（我后来的那些反对者以为的）一本虚构的文学作品，而是某一民族的民俗记录，写下这本书的马其顿人充其量只是一个编译者。与我们所熟知的任何一种文化不同，这个民族的"精神"或"灵魂"的源头并不在神话、宗教甚至理性当中，而是在他们自己投落大地的阴影里。

　　由于正史中鲜少有关魃阴的记载，我的朋友只能从各地民间传说或寓言故事中捕风捉影。他言道：一切历史本来便只能视为故事。根据一系列严密的考据与推理，他发现，在补哩那婆罗多编纂的《五卷书》修饰本的第一卷"朋友的决裂"里，于昼夜变幻中混淆了莲花与星星的天鹅在魃阴语中有"黎明"或"将梦拴在夜桩上的仙人"之意，而"交尾期的大象肉"既是狮子冰揭罗迦的食物，也被魃阴人当作治疗疟疾的神品；第三卷"乌鸦和猫头鹰从事于和平与战争等等"中一个蚂蚁吃掉毒蛇的故事则与魃阴世代相传的口训一致。此外，他还认为《山魈考》的章节数取十一的级数，意在表示循环与无限，而最接近无限的书也出自印度——在文底耶森林中，因输掉赌局而缄口不语的德富，在贝叶之上

以鬼语写成的"好似湿婆大神的游戏一般"的《伟大的
故事》①，这本书里的人物和天上的星辰一般多，而诗句

---

① "好似湿婆大神的游戏一般"语出古代印度小说家波那的传记
小说《戒日王传》，原文为"如诃罗的游戏一般"，诃罗为湿婆的别
称。在这部小说的序诗中，波那向所有文学体裁的王者致敬，其中，
他奉《伟大的故事》为故事文学的巅峰。德富创作的《伟大的故事》
一书早已失传，十一世纪印度作家月天的梵文作品《故事海》据
称是根据其残本编译缩写而成。传说湿婆大神为博妻子波哩婆提一
笑，为她准备了许多神奇有趣的故事，他的侍从布湿波丹多因偷听
这些故事而被波哩婆提贬下凡间，另一位侍从摩利耶凡则因为替朋
友求情，也受到了同样的处罚。波哩婆提告诉他们，布湿波丹多必
须在凡间找到一个名叫迦那菩提的隐士，将偷听到的故事说给他听，
之后才能结束自己的流放；而摩利耶凡则需要从迦那菩提那里听取
这些故事，将它们记录下来，让它们传遍大地，然后才可以返回天
国。摩利耶凡下凡之后，成了一位名叫德富的大臣，受命教授国王
娑多娑诃那梵语语法。他与另一位名叫舍尔婆婆尔摩的大臣打了一
个赌，说如若对方能在六个月之内教会国王梵语，自己便终身不再
使用梵语、俗语和方言。结果舍尔婆婆尔摩凭借令人难以置信的坚
毅和聪慧获得了成功。自此，德富不仅被放逐到宫廷之外，也被放
逐到语言之外。他来到一片名为文底耶的森林，向居住在那里的隐
士们——即那些从未涉足人世的"鬼"——学会了"鬼语"，并且
遇到了刚刚从布湿波丹多那里听完故事的迦那菩提。德富请求迦那
菩提将故事转述给他，之后便坐在树下，任由那些源自湿婆大神的
故事像洪水一样漫过自己。之后，他花费七年时间，用"鬼语"在
七十万片贝叶之上写下了七十万颂《伟大的故事》。但当他走出森
林，回到人间，却无人能读懂，也无人想读懂这部他以化外的语言

要比恒河的沙粒再多一倍。当然这并不稀奇，欧洲人的《十日谈》或《坎特伯雷故事集》中也不乏传自东方的古老情节。但至少可看出魅阴与其他更为强势的文化传统并非没有交流，而且在它们之间，确曾有过某些"引用"。"如果我告诉你画家博施可能是一个魅阴人，想必会被视作疯狂，但他的画作所表现的地狱在构图和造型方面和古代魅阴的涂鸦十分相似，只是更加精致罢了。"他说。

最让我的朋友感到神秘的是魅阴这个古代民族的迁徙，其目的、路线和形式都令人费解。无论是以食物为目的，顺应天时、周期性转移的游牧游猎民族，或是

---

写就的天授的杰作。在绝望中，德富点燃一堆大火，在火堆边，他将故事讲给飞鸟和野兽听，每念完一叶便向火里投一叶，直到娑多婆诃那闻讯前来，他已将故事烧掉了六十万颂。那时的他"呆站在含泪的鸟兽中间，憔悴如咒语之火行将熄灭前余留的最后一缕轻烟"（语出《故事海》）。剩余的十万颂故事被献给了国王，之后传遍了天下，摩利耶凡也得以回到天国，回到湿婆大神的座前。所以，这是一则关于引用与转述的故事，也是一则关于失语者的故事。它还提示我们去思索这样一个问题：在书海之中，引用与转述不断发生，没有任何一滴水是单独成立的，然而，如果其中有一本不可能被引用的书，一本以不可能被理解的语言所写成的孤绝的书，那么这平静了几十个世纪之久的海面又将掀起怎样一波令乾坤倒转的巨浪？或许，它不过像是一块碧蓝的绸缎，被一根针轻轻挑起，露出了过往掩于其下的赤贫与荒芜。所有伟大的书都仿佛鸟兽眼中的泪水。

东奔西突、四处掠夺的鞑靼铁骑，再或是尤里乌斯·恺撒在《高卢战记》中所描述的自毁家园、破釜沉舟，为着征服与战斗而远行的厄尔维几人，与之相比都规律得多、有逻辑得多。他们几乎从不停止行进，但每每转向看似最不该前往的方向，甚至时常毫无理由地掉头折返。他们因何彷徨犹豫？对于犹豫，我并不陌生。犹豫便是混沌未开，在决断与行动的史前时期，焦虑曾每日数度冲刷我的面容，令我憔悴如同被干旱折磨了一千年的黄土平原。然而，他们的犹豫却接近随意及不假思索，以闪电似的瞻前顾后激发出无尽的，却也根本无效的行动力，使得一团乱麻般的旅途成了一座移动的"命运交织的城堡"。

　　那次谈话过后，我的研究方向从文本转向了历史及民俗文化领域。在魃阴和《山魈考》的带领下，世界的秘辛仿佛已向我开放，原本枯燥单调的日常生活得到神奇的改造，无意义的生存细节沾染了巫术的色彩。从曾于十五世纪中叶纵横地中海区域的海盗学者鲁斯图博士的少量有关航海技艺的著述中，我为谜题觅得了一种可能的解释。这位对于海洋、船舶、冒险和异域风情，以及诸如此类的浪漫主义因素远比对财宝更为热衷的匪首写道："一个奇怪的、永远与烟尘搅作一团的东方部落，他们始终在匆忙前行，却难说有任何哪怕是模糊而笼统

在魅阴和《山魈考》的带领下，世界的秘辛仿佛已向我开放……

的目的地。队伍随时随地掉头他顾，遗失与离散时有发生。有趣的是，他们偏偏却可以制作出世上最精密的方位仪器，每一只他们经手调校过的表盘中仿佛都住着一个专司方向的神灵。"虽则信息甚少，但这仅有的特征实在过于突出，加之《山魈考》中曾对"一百二十种风向"的预兆做出详尽列举，其方位系统的复杂程度远非孟章、执明、监兵、陵光此四象可比，因此我断定鲁斯图记录的东方部落极有可能便是魈阴。

那么，为何如此精于辨认和规划方向的民族，其迁徙过程竟表现得如此凌乱不堪？答案亦在书中。《山魈考》第二章在写到猎人不得不与爱人分别时有云："你我走向何方，哪由自己决定？婚娶、丧葬、生子、落齿、跌跤、鸟粪淋头、五个部位的外伤和三十种病征，撞上正在交配的狐狸……每一件事情都把方向指引。而今我将出行，愿我早日盲目，挣脱方向的牢笼，到时你我或可于他乡重逢。"

方向即牢笼。这意味着有一套铁律在规范着魈阴人的行踪，从黎明至黄昏，充满有关命定之途的指示。迁徙队伍并无任何向导，行程全由天兆决定，多数人所见大略一致，但总有人会被一些特殊事宜带往其他方向。我曾试图找到"魈阴大迁徙"的开端与结束，却发觉完全没有可能，其两端的箭头均划向无限。魈阴一族的存亡，似乎只由同行者的数量所规定，当这个群体过于庞大之时，我们只能以类称之为"人"，而当他们散作三鸟两兽一介浮萍，各循其路、各归其位之时，便无族无群可言了。

在众多令我一筹莫展的谜题之中，《山魈考》的文本结构曾最令人费解。全文共十一章，每章下分十一节，单观其表，不过事先以数约字，刻意求工而已。然而，各节的体量大小以及行文方式却大有玄机。每一章的首节都极为简短，不过开场诗般寥寥几句，语句神秘、优美且舒缓，往往整段文字只描写一个动作、一个画面，以及诸如一条毒蛇的花纹或是野马断气前的嘶鸣之类的细枝末节。而后从第二节直至第十一节，篇幅渐次增长，叙事节奏也明显加快，到最末一节则同一人同一事绝不逾一句话，恨不得以三言两语道尽千古沧桑，整节语气急促凌乱，几已不堪卒读。古辛·泽比尔希小姐——名为吾徒，实为吾师——曾如此将魈阴与《山魈考》等同起来："候鸟蹁跹南北，在苍穹之下用翅膀为将至的冬季作萧瑟之诗；人群奔走于世，在大地之上以他们的喜乐与艰辛、生老或病死撰书成文。"书即是人，《山魈考》便是魈阴人和他们的世界。书页展开，他们便随读者的双眼在其中漂泊往复，书页合起，他们便隐入另一时空，被封印在白纸黑字的梦境中。从此节

至彼节，便是从一至多，分散零落的经过；从彼章到此
章，则是分久必合、重启循环的历程①。

　　在中国云贵一带，曾短暂存在过一个崇拜山魈的
民族——汉民因其穿着打扮称之为"穿青"，不止一人
将魅阴与之混淆；还曾有人认定魅阴是乌桓、大食或女
真的一支，甚至不过是遭回鹘和卓家族驱逐的一群古

---

①　有关书的分与合，还有另外一个文本可资参照。一篇由不具名
的中文作者发表于网络的短文介绍了一本名为《平行与交叉之圆》
的小说。这部小说分为两个部分，一曰男，一曰女。男版与女版不
仅章节数相同，段落、字句数也全部一致。小说庞杂无比的叙事结
构，只有以极大的耐心通过一种针织式的阅读才可能窥其堂奥。即
将两个版本的内容交替穿插，读一段男版，又读一段女版，再读一
段男版，如此反复。交替的频率和粒度可缩放，可以读一个字或几
个字的男版再读一个字或几个字的女版，也可以一个段落、一个章
节的交叉，另外还可以随心所欲地自创花式读法，例如读一字男版
读十字女版，再读十字男版和一字女版，只要保证整体的对称性即
可。每一种读法，读到的都将是不同的故事，唯一的共同点是均以
人物的生死形成圆环结构，主人公在开头出生在结尾死去，而在死
亡的同时会有新生命的降生。一切故事，一切生命的循环都是平行
的，但又彼此交织，一个故事的主人公在另一个故事中成为次要角
色，甚至只是路人。这种编织与拆解，仿若游戏的写作方式主要基
于这一观点：时间的真实形象是缠绕难解，并且雌雄同体的多股圆
环。而这部自我交合、自我生育的小说，"其最大的成就可能在于，
它恰好阐述了地球上曾经存在的所有人的生和死，而读完它的时间
将恰好等于人类全部的历史"。

代"叵奇"罢了；而更多的所谓严肃学者则根本不屑于正视这一民族的存在。《山魈考》也同样遭到文化学者的有意冷落、贬低、歪曲和讥笑，研究价值并未得到承认，也许只对于猎奇者、探秘者和曾被托梦的人而言，才有毋庸置疑的吸引力。但真相、真理往往不正寄存在神话、巫言和口传的秘史当中吗？我们太过短暂，时间才如此漫长。在一位神灵看来——在一位伸展双臂便触摸得到永恒两端的神灵看来，满天星辰便如射向地球的一片寒光闪闪的箭镞弹雨。时间只保留那些能够被梦吸收的东西。

魃阴先祖名为额特肯或尤麦，无父无母，无来处无去处——另有传说，他是一棵突然长出牙齿，并学会了行走的树——生长在天地初开之时，栖息地紧邻"一条夹在两岸之间如弓弦般绷紧的河流"。任何事物都无法阻断水与水的联系——她们顶撞一切，将小舟掀翻，在山峦上钻出一个洞来。他狂热地爱上了自己的影子（与希腊那一位和水仙花同名的美少年何其相似），并与之交媾，诞下子孙无数。但在一个浑身发光的妖魔的诱使下，尤麦提出请求，希望看到影子的真实面目。他因好奇而受惩罚，她像一粒渐熄的火苗，在他面前逝去，于是这世上便头一遭有了夜晚。从此周而复始，每一天额特肯的爱人都会从他的身边被如期而至的黑夜掳走一次。

在我手头的抄本中没有与此相关的内容，我也未曾在《山魈考》第一版的原本中读到过。但在十七世纪末的东方学者巴泰勒米·德尔贝洛的著作《东方全书》中却提及一本由科威特的佚名作者所著的奇书，名为《黑色的掠夺》。其中的一些段落讲述了一个有关影子爱人和黑夜盗匪的故事，并称那"半黑的"是甜蜜的，那"全黑的"是怨毒的[①]。综合这许多原本看似并无明显关联的发现，我认为得出以下结论虽未算证据充分，但也绝不能被指责为凭空臆造。即《吮吸黑色骨髓》与《黑色的掠夺》两书出自同一源流，甚至可能本来便是同

---

① 《博阿兹柯伊楔形文字文献》中收录了赫梯中王国时期一位名叫坎吐兹里的王子（他同时也担任基祖瓦特那地区的祭司）向太阳祷告的祷文。其中称死亡为"黑色世界"，又说"生命与死亡相连，死亡与生命相连"。生死以何物相连？或许正是那"甜蜜的半黑"——影子。当然，以黑白两色来指代二元世界观中对立矛盾的事物，这在各种文化系统中都很常见，而中国纳西族神话《东术之战》（又名《黑白之战》）是其中一个极致的版本。白色的东神与黑色的术神因"达吉海"中的一棵神树起了纷争，黑的伐树，白的就以灵药使之复活，这树就这样生生死死，轮回疾如石火电光，最后竟也茁壮起来。树发十二条枝，便是这往复的十二属相，每枝长十二片叶，便是这循环的十二月份。显然，这你来我往的黑与白便是时间之流的源头。如此说来，魅阴神话中的"半黑"竟能令两色合一，从而跃出时间，跨出战场，成为一个在河岸上观战的、永恒的旁观者。

一本书的两个版本——在翻译、翻印、重新编纂之时，对原书予以改写、增删，这种情况并不稀见。两者的书名有别，也许只是多次转译导致的偏差，甚或只不过是鲁鱼亥豕之误罢了。历史上许多失传的典籍，只能从后世作品的引用或描写中窥豹一斑。《黑色的掠夺》之于《山魈考》，便如某一往世之书之于《黑色的掠夺》，也如《山魈考》之于某一后世之作。前车后辙，滚滚而无穷尽也。

我与那位被隐去姓名的友人，以及本文特意提及其大名的年轻学者瓦尔特·本雅明保持了长期且有益的通信。例如"我不能称这一天为'今天'，我不能称这个人为'我'。它是在同一天中的第二天，他是在同一人中的第二人。"这句引文本是讲述一位生有重瞳的猎人对于自我真实性的怀疑，本雅明在来信中却提供了另外一种见解："您自《山魈考》中摘录的这句话本身便是对引用这一行为的阐释。"而我那老友更是绝无私藏，将他新近的重要发现和盘托出："魈阴部落的组织形式颇为蹊跷，领袖和一干大小头领经由选举产生，但却是从已死之人中选出，活人则不可能被授予任何权威。从中亦可看出魈阴人奇特的生死观。死，即肉体的终结，意味着获得影子般的智慧和能力。魈阴人从不忘却，从不任由他们的先辈被时光的激流冲走。每个家族的祖祖辈辈都在一起生活，如同书页层叠一册，每个活人都侍奉着数十个鬼魂。"

在《山魈考》的背后似乎也躲藏着这许多影影绰绰的祖先的幽灵，文中奇特的、若有所指的"成语"及"典故"比比皆是，但却根本无任何文献可查。对此，研究小组曾设想过两种可能。其一，《山魈考》原书成文年代极为古老，以致当时尚且家喻户晓的故事文章今日均已失却难考；其二，那些好似引经据典的词句其实只是在两种差异极大的语种间转译导致的错误罢了。无论哪一种解释，显然都颇为牵强。《黑色的掠夺》和其他零星异文的发现，令我有了另一种稍嫌冷僻的看法（在本文问世前从未公开过），即《山魈考》中所有不知出处的典故可能都援引它自身。这一观点看似荒谬，其实倒不难说明。与沙漏或时钟类似，书也是时间的物质形象之一，在其流传至不同地域、不同年代的过程中，出于文化的、政治的原因，还可能只因抄录者、翻印者和编订者（如今我本人也不可避免地加入这一行列）的健忘、固执和偷闲，便被有意或无意地扩容缩编，改头换面。久而久之，数朝数代的人文气象夹带着修订者的私心杂念混为一炉，反倒是原文原旨早已无法辨认了。确有其事的被看作故事，凭空捏造的却成了历史。《山魈考》中的"伪典"或许都出自其古代原册被篡改和删减的部分。

　　至此，我已将我个人有关《山魈考》的诸事诸论举出十之八九。令我羞愧的是时至今日，以上疑问尚未有任何一个已获确切的解答。此刻，日光之沙全部漏进另外半个世界，身畔多数事物已趁着夜色隐作不可见的秘密。我将手中的书稿颠来倒去，纸页竟似通体透明，字句翻滚着钻进与存在相对的否定之穴。我仿佛看到这份书稿的命运：它将不会在我手中得以复原，我们以及这个时代的使命便是将之遗落。《山魈考》一书和曾经铭记它的每一个人都将被卷进忘却的流沙之中，归于荒诞、归于虚构、归于空无，只余下一个残缺不全的故事而已。虽然时间之沙不增不减，终有一日，曾被漏掉的将以其他形式再漏回来，但我却不会看到。我已决意去往沙漏的另外一端——所有我崇敬之人、神往之事都在那里。如若到那最后一刻我并非有话要讲，那么本文亦可算作绝笔。

塞汗·阿赫斯卡

1922 年 5 月

《山魈考》

# 第一章

## 第一节

是那一天，是那从"无"到"有"的第一天，日光使混沌之泥受孕。人祖之躯再经百年方得成形，他为自己接生：先从土里刨出皮囊枯骨，再汲露裹尘丰满肢体，自此便开始漫游繁衍。以伟力分辟玄黄的创造神，给人祖戴上影子的镣铐，只为将其苗裔留在大地之上，让他们拖着被填平的人坑步步为营，对着镜子的灰烬映照自身。盲眼的猎人啊，在此处他是永恒的胎儿，在无涯的子宫中漂流，在另外一颗黑色星球他是目光如电的神使，在夜的焦土中掘金。

那个脑中有眩晕之鹰、疯癫之兽和谵妄之魔分治的猎人，在自己内里点燃一把烧荒的大火。

那个面对死亡敢于拒捕的猎人，反身捕捉自己的死亡。

　　猎人啊，去食影者咀嚼的回声中找到它，就像拨开花瓣找到花蕊，就像拂去蛛网找到在劳作中睡去，挂在丝线上的纺云者。

　　猎人啊，你是那周身放光者，将尖细的脚踵插进混沌的泥淖。

　　猎人啊，你是那一身三命者，是神鬼人，是正反合。你因久未侍奉存在，只将有作无。你因不擅完结，只得以开端为完结。


　　编者按：以下部分已随同胡杨博士的失踪而音讯杳然，和许多失传已久的经典一样，以其不可取、不可考、不可查和不可读要求获得读者的敬畏、成就神秘的荣誉，将全部的伟大与迷人托付于想象。


（完）